dtv

Die Geschichte zweier Brüder, Bjørger und Thor, spielt im ländlichen Norwegen und setzt mit einer Familientragödie ein. Thor ist fünfzehn, Bjørger gerade wenige Tage alt, als sie zu Waisen werden. Während Thor allein in der ärmlichen Kate haust und als Halbwahnsinniger in den Bergen herumirrt, wächst das Neugeborene auf dem Nachbarhof auf. Schon früh zeichnet sich seine schriftstellerische Begabung ab, aber eine unglückliche erste Liebe und der Tod seines Bruders führen auch bei ihm zum Rückzug ins Innere. Doch »Feder und Natur« bieten Bjørger einen Ausweg.
Als diese lange verschollene Erzählung 1878 zum ersten Mal erschien, war Hamsun erst neunzehn Jahre alt. Doch bereits in diesem frühen Werk begegnet man den Themen der großen Romane des berühmten Dichters des Nordens.

Knut Hamsun (eigentlich Knut Pedersen) wurde am 4. August 1859 in Lom/Gudbransdal geboren und starb am 19. Februar 1952 in Nørholm. Nach einer harten Jugend und Wanderjahren in Nordamerika und Norwegen gelang ihm mit dem autobiographischen Roman ›Hunger‹ 1890 sein literarischer Durchbruch. 1920 erhielt er für den Roman ›Segen der Erde‹ den Nobelpreis.

Knut Hamsun

Bjørger

Erzählung

Aus dem Norwegischen von
Gert Imbeck, durchgesehen von Eva Maagerö

Mit einem Nachwort von
Herbert Reinoß

Deutscher Taschenbuch Verlag

Die Neuauflage der Originalausgabe ›Bjørger‹
erschien 1981 im Trohaus Verlag, Bodö

Vollständige Ausgabe
Februar 1998
Deutscher Taschenbuch Verlag GmbH & Co. KG,
München

Umschlagkonzept: Balk & Brumshagen
Umschlagbild: ›Der Student‹ (1881) von
Nikolaj Alexandrowitsch Jaroschenko
Gesamtherstellung: C. H. Beck'sche Buchdruckerei,
Nördlingen
Gedruckt auf säurefreiem, chlorfrei gebleichtem Papier
Printed in Germany · ISBN 3-423-12460-1

Für
Johan Ludvig Klüver Ström
zum Andenken an unser Leben
am Strand des Vestfjords
mit Dank für jedes freundliche Wort
und einem Gruss des
Verfassers

I

Nach Süden gewandt lag rechts ein schroffer, mächtiger Hügel. Dahinter blaue Berge. Links ein nackter Abhang. Viele Wasserfälle. Der Wald begann zu grünen. Er sandte einen Duft mit dem Wind in alle Richtungen und erinnerte an das Leben in einer Laubhütte.

Mehrere Wochen lang war kein Tropfen Regen gefallen, dennoch sagte der Landmann ein gutes Jahr voraus. Die Äcker waren gepflügt, aber noch nicht eingesät. Die Erde war warm vom Sonnenschein.

Ein breiter Weg durchschnitt das Tal. Dort ging ein älterer Mann, die Hände in den Hosentaschen, und rauchte eine schwarzgebrannte Tonpfeife. Groß und kräftig war er, auf dem Kopf trug er eine rote Mütze. Sie zeigte nach vorn. Von Zeit zu Zeit blieb er stehen und nickte bedächtig mit dem Kopf, mal hinunter zu den Äckern, dann wieder den Berghang hinauf. Er dachte wohl so halb daran,

Ackerfurchen zu ziehen, das war nötig in der Wärme und ließ sich ohne große Schwierigkeit tun. Darüber sann er wohl nach, während er sich oft umwandte und den Staub fortblies, der vom Weg aufstieg und ihn ständig umgab.

Ein halbwüchsiger, barhäuptiger Junge eilte ihm nach. Noch ein Stück entfernt rief er:

»Vater! Eilef Kveen wartet auf dich!«

Der Vater antwortete nicht, sondern nahm sich frischen Tabak; er und der Sohn gingen weiter. An der Tür blieb er stehen, sah noch einmal hinunter über die Äcker und ging hinein. In der Küche machte er halt und sagte leise:

»Ist Eilef Kveen jetzt hier, so helfe mir Gott«, sah dem Sohn ins Gesicht und trat in die Stube. Der Sohn folgte ihm.

»Guten Tag, Per!«

»Guten Tag!« antwortete er nur.

Eine Weile darauf sagte der Fremde:

»Ich wollte zu dir, Per, und dasselbe versuchen wie letztes Mal. Ich habe heute wohl mehr Glück.«

Per blickte zu Boden und kaute heftig. Nach einer Weile sagte er, ohne aufzusehen:

»Nun, das verstehe ich nicht, Eilef. Wenn ich dir sage, daß du vergebens kommst, so bist du wohl nicht zufrieden?«

»Nein, Per! Wenn du Verstand hast, wirst du mich nicht noch öfter beschwatzen. Ich finde, daß ich auf die armseligen Schillinge gewartet habe, wie es kein anderer getan hätte.«

»Das hast du, Eilef – das hast du.«

Per trat in die Schlafkammer. Dort lag seine Frau, in einige alte Kleider gewickelt, bleich und mager. An ihrer Brust lag ein Säugling und trank. Per setzte sich auf die Bettkante und kaute nachdenklich an den Nägeln.

»Nein, Thora, nun gibt es keinen Ausweg, Eilef Kveen muß Borken bekommen.«

Thora schlief. Per griff vorsichtig nach ihrer Hand.

»Thora!«

Sie schlief.

»Liebste Thora, so hör doch!«

Da erwachte sie, sah auf und lächelte.

»Konntest du schlafen, wo er so weint?« fragte er.

»Ja. Ich schlummere ein wenig nach vier durchwachten Nächten«, antwortete sie und rieb sich mit der einen Hand die Augen. Per hielt die andere.

Dann blinzelte er ein wenig und sagte:

»Der Eilef ist wieder hier mit seiner Forderung. Er wird wohl Borken bekommen müssen.«

Da drehte sie sich um, seufzte tief und sagte:

»Armer Per! Ohne Pferd – die ganze Frühjahrsbestellung!«

»Ach die, ja –. Aber es ist so seltsam und schwer, wenn man das Tier abhalftern muß – wegen Schulden. Am schlimmsten ist es für dich, du hättest es besser haben können!«

»Aber nein! – Bald werde ich es gut haben.«

Er verstand, was sie meinte, und sagte klagend:

»Und das Kind! Und alles auf einmal – alles auf einmal!«

»Das wird der Herrgott wohl auch zu sich nehmen.«

»Nein. Das Sonntagskind bekommt er nicht. Die bringen Glück.«

»Wir können es ihm nicht verweigern, wenn er es haben will.«

»Er nimmt es gewiß nicht.«

Sie saßen eine Weile wortlos. Dann sagte Per:

»Es muß wohl sein. Der Herrgott gibt wieder eins.«

»Ja.«

Er ging. Der Fremde war ungeduldig.

»Soll ich ewig hinter den paar Schillingen her sein?«

»Du bekommst das Pferd schon. Er wird drei Jahre alt an Johanni. Er ist ein prächtiger Gaul, der Borken.«

»Borken?« wiederholte Eilef fragend. »Borken! Nein, Borken und ein Schaf dazu, meintest du wohl.«

Per sah ihn an, stopfte die Pfeife neu und sagte gedehnt:

»Ich meinte Borken, Eilef.«

»Ja, Borken und ein Schaf dazu, dann...«

»Willst du Borken, Eilef?« fragte Per. Dies war die größte Starrköpfigkeit, von der er je gehört hatte.

»Und ein Schaf. Alles zusammen gibt – laß mich

rechnen – genau 28 Speziestaler, wenn wir 25 für den Gaul rechnen – mehr ist er nicht wert – und drei für das Lamm.«

»Du wartest doch bis morgen darauf?«

»Ja, ja«, antwortete er zögernd.

Er ging zur Tür, wandte sich um und blieb stehen. Er schien etwas sagen zu wollen, getraute sich aber nicht. Vielleicht fürchtete er zu kränken und zu verletzen. Er überwand die Bedenken, faßte sich ein Herz und fragte langsam:

»Ich kann mich doch auf dich verlassen, Per?«

Per antwortete nicht, er sah auch nicht auf, es zuckte nur um seinen Mund. Mit einem unheimlichen Ausdruck in den Augen stand er auf, blickte Eilef fest ins Gesicht und sagte:

»Ich kenne den, der das Versprechen gegeben hat!«

Da ging Eilef, er war gewiß: Er hatte Pers Wort.

Per setzte sich ans Fenster und schaute grübelnd hinunter über die Äcker. Er starrte und starrte, die Augen wurden groß, er blinzelte kaum. Die eine Hand auf dem Knie geballt, die andere auf ein in Leder gebundenes Gesangbuch trommelnd, das auf dem Fensterbrett lag – so saß er da und starrte mit einer übergroßen Wildheit vor sich hin, in der sich alle kleinen Dinge zu einem großen und mächtigen Ganzen zusammengeballt hatten. Dieses Ganze betrachtete er, ihm schien es, als gebe es keinen Raum außerhalb. Er war Schatten – ein einziger Strahl würde schon Licht schaffen – er mußte aus dem mächtigen Ganzen kommen, ihn galt es zu finden – nur durch Kampf, Überlegung, Grübeln – und wieder Kampf und – es wurde Tag in der Nacht!

»Wirst du zum Sulheimbauern gehen und ihn fragen, ob er Borken kaufen will, Thor?«

Thor legte Reisig und Messer zur Seite und war bereit loszulaufen. Er gehorchte seinem Vater immer, wenn nicht die Mutter ihn genau um das Gegenteil bat; dann sah er es gern, daß sich ihr der Vater wie auch sonst alles fügte.

»Da! Nimm meine Mütze, Thor. Sag ihm, wenn er ihn haben will, muß er sofort kommen und ihn ansehen.«

Der Sohn ging. – Per versank wieder in denselben Gedanken. Er blickte auch über die Äcker hinab, nickte ab und zu, blinzelte aber nicht. Manchmal bewegte er den Mund, doch es kam kein Laut, er starrte nur – und dachte. Dann ging er in die Schlafkammer. Der Kleine schrie, und die Mutter summte ihm etwas vor. Sie sah bleich und verweint aus.

»Ist er weg?« fragte sie.

»Ja, er ist weg.«

»So«, und sie atmete etwas leichter.

»Er will Borken und ein Schaf dazu«, sagte er.

»Ein Schaf dazu«, entgegnete sie und seufzte.

»Aber eher soll der Sulheimbauer ihn bekommen. Er ist ein Mann mit Herz.«

»Ich habe an etwas Vergangenes gedacht –«

Sie hielt inne, aus Furcht und Bedenken, setzte aber etwas anderes hinzu:

»Er ist so verläßlich.«

Per saß lange und betrachtete sie. Er griff gleichsam nach dem, was sie losließ, faßte aber – nichts. Dann beugte er sich noch tiefer hinab. Er küßte sie. Seine Stimme zitterte, als er sagte:

»Arme Thora!»

»Ach, du bist wirklich ein Plagegeist, Per«, sagte sie und lachte, sie wollte einen kleinen Scherz machen, die Arme! Sie strich ihm die Haare aus der Stirn.

»Nun mußt du dich mit der schmalen Kost abfinden, meine Thora. – Es tut mir herzlich leid um dich, du warst so gut, und nun ergeht es dir so schlecht!«

»Wenn du mich liebst wie in alten Tagen, dann sag so etwas nicht, Lieber.«

»Nur Armut und Elend!« beharrte Per. Er weinte wie ein Kind, das sich in den Finger geschnitten hat.

»Wenn du mich lieb hast wie damals, als du barfuß durch den Schnee nach meinem Brief liefst – dann darfst du nicht weinen.« Eine Weile Stille. Dann sagte sie:

»Ich kann stolz sein auf so einen Mann.«

»Stolz«, wiederholte Per da, lächelte bitter, erhob sich vom Bett, ging zur Tür, sah sie lange an – und ging.

Sie wartete und wartete. Niemand kam. Da dachte sie viel nach, wie sie so dalag. Die Gedanken liefen Spießruten, der eine hob sich über die anderen, sank aber wieder hinab – sie dachte an eines.

Sie wußte selbst, daß sie Per verletzte, aber erst danach. Da konnte sie nur zittern in einer Ahnung – einer schrecklichen Ahnung, die sich aus Pers Blick nährte, als er über die Schwelle schritt: diese Bitterkeit! Es machte sie matt, ihr wurde so unglaublich seltsam in Brust und Kopf. Sie wurde kränker, in einer Art Irrsinn oder Wahn war sie auf alles gefaßt – auf alles. Sie bereitete sich vor. Komme, was da will, sagten der Blick und die geballte Faust – ich komme auch!

Eine Weile danach hörte sie jemanden kommen. Da platzte alle Sorge aus ihr hervor und – sie weinte! Es mußten Fremde sein; denn es klang wie eine fremde Stimme, die sich in der Stube räusperte. Da packte sie die Lumpen gut um sich herum. Die heilsten und schönsten legte sie obenauf. Ein Fremder kam zur Tür herein. Es war der Sulheimbauer.

»Friede!« grüßte er.

Thora war auf einmal ganz kraftlos, wie gelähmt. Solche Veränderung, und das so schnell! Sie antwortete »danke«, mit leiser Stimme.

»Ist Per daheim?«

»Ja. – Er ist hinausgegangen. – Er kommt wohl bald –«

Sie wurde leiser und leiser, zum Schluß kaum hörbar. Sie kämpfte mit etwas sehr Großem. Es mußte siegen über sie.

»Wir wollten uns wegen Borken treffen.«

Er bekam keine Antwort. Sie lag mit offenem Mund, die Augen geschlossen.

»Du siehst jetzt erschöpft aus, Thora.«

Sie schläft wohl, dachte er und sah nach dem Kind im Bett. Es schlief auch. Thora war so bleich, daß ihm fast angst wurde, auch lag sie mit weit aufgerissenem Mund da.

»Geschieht etwas Schlimmes?« fragte er leise.

Da kam der Sohn herein.

»Pst, Thor! Deine Mutter schläft.«

Thor ging sacht zum Bett, warf einen Blick darauf und lauschte.

»Tot!« keuchte er und stieß einen herzzerreißenden Schrei aus – Widerhall, Zeugnis aus dem Innersten seiner Seele. Ein Zeugnis dessen, was er verloren hatte! Er hatte die Wahrheit gesagt. Das ganz Große – sie hielt stand – es siegte. Thor sank auf die Bettkante nieder. Die Mutter tat einen letzten Atemzug und – starb! Mitten in der Not, mitten in Unglück und Schmerz – blickte Thor zur Decke empor, faltete die Hände und betete:

»Gen Himmel, in Jesu Namen!«

»Amen!« schloß Erik Sulheim und senkte den Kopf.

»Von einem so stillen Tod hat man in der ganzen Gegend hier noch nicht gehört, soweit ich weiß«, sagte Erik. Er nahm ein Taschentuch, faltete es und knotete es vorsichtig um ihren Kopf.

»Nun, Thor! Nimm ein Gesangbuch und leg es ihr auf die Brust. Die Hände hat sie schon gefaltet – so haben wir getan, was wir tun können.«

Thor ging weinend – weinend über einen unfaßbaren Verlust, den zu ermessen hoffnungslos war. Er suchte, fand aber keins, wie er sagte.

»Dann ein anderes Gotteswort!»

Er suchte, fand aber keins.

Erik nahm aus seiner Brieftasche ein Blatt und schrieb mit Bleistift darauf:

»Gen Himmel, in Jesu Namen und – Amen!«

Sie gingen hinaus. Thor mit dem schreienden Säugling, seinem Bruder, auf dem Arm.

»Wo ist dein Vater?« fragte Erik.

Er wußte es nicht.

»Geh hinauf zu Inger mit dem Kind, ich suche nach deinem Vater.«

Thor ging. Ein schwerer Marsch war das, der schwerste, den er je gegangen war. – Wer den Gang macht, den Thor ging, der könnte fühlen, wie sehr ihm durch den Verlust das Herz schwer geworden war, über alle Maßen schwer. – Er beruhigte den Bruder und summte ihm etwas vor, versunken in Schwermut und Tränen.

II

Es ging auf den Abend zu. Noch immer war Erik Sulheim nicht wieder zu Hause. Inger, seine Frau, bat Thor, zum Haus hinabzugehen und ihn zu suchen. Sie war unruhig und erregt wegen des Kindes und der Geschichte von Thoras Tod. Sie wollte Erik als Hilfe bei sich haben, ihn nicht nur sehen.

Thor ging. Als er den unteren Wiesenrand erreicht hatte, sah er einen Mann heraufkommen, der etwas Langes auf den Armen trug. Ihm kam eine Ahnung – eine seltsame Regung. Die Gedanken kämpften Schlag auf Schlag um Sieg oder Niederlage und hielten schweigend Rat. – Der Mann war Erik. Näher und näher. Da sah Thor, daß seine Ahnung ihn nicht getrogen hatte. Sie brach hervor aus Gedankenwolken wie der Frühlingswind und klärte den Hintergrund auf – fegte ihn rein wie die Sturmnacht den Sonnenschein.

Als er sah, daß es wirklich der Vater war, mit

dem Erik den Hügel heraufgestapft kam, starrte er stumm auf einen Fleck. Er folgte den Kommenden nicht mit den Augen, er sah nur auf den Fleck, wo er sie zuerst deutlich gesehen hatte. – So stand Thor, bis sie ihn erreicht hatten. Da sprang er mit großen Sätzen davon.

»Thor! Dein Vater ist tot!«

Da setzte Thor sich hin, verdrehte die Augen und begann bitterlich zu weinen. Ihm ging auf, was er verloren hatte: Vater und Mutter an einem Tag – er selbst war fünfzehn Jahre alt, der Bruder einige Tage – einsam und verlassen – verlassen!

Eine lange Zeit verging, aber er sagte nichts, er weinte nur.

Als Erik ihn bat, ihm mit dem Toten zu helfen, stand er gehorsam auf und nahm den Vater auf die Arme, um den Wiesenhang hinaufzugehen. Er ging so schnell, daß Erik ohne Last Mühe hatte, ihm zu folgen. Es schien beinahe, als hätten sich die Kräfte des Vaters nach seinem Tod mit denen des Sohnes vereinigt. Er schwitzte nicht. Atmete leicht. Als sie aber die Tür erreichten, hielt er an, ließ den Leichnam des Vaters, der schon starr zu werden begann, auf seine Knie gleiten, richtete sich auf, holte tief Atem und fragte halblaut:

»Wo hast du ihn gefunden?«

»Daheim in der Scheune.«

Er saß eine Weile da.

»Erhängt?« kam es kaum hörbar.

»Ja.«

Da verdunkelte sich sein Gesicht, und seine

Brust hob sich heftig. Er griff in die Kleider und wollte die Leiche den Hang hinabwerfen. Da schrie Erik:

»Thor! Thor!«

Er faßte sich wieder und beruhigte sich ein wenig. Dann trug er ihn schweigend ins Haus, legte ihn auf die Bank und ging zur Tür.

»Thor! Wohin willst du?«

»Heim.«

Er ging langsam, schwankend, mit festen Schritten den Hang hinab, heimwärts, tief in grüblerischen Gedanken versunken.

Von diesem Tage an war Thor nicht mehr ganz bei Verstand. Er begann, von Hof zu Hof zu wandern und war zu unstet, um bei einem Bauern zu bleiben und für Essen zu arbeiten. Zu einem taugte er: in die Berge zu klettern und Schafe und Ziegen zurückzubringen, wenn sie sich in den Felsen verirrt hatten und nicht mehr herunter konnten. Er war immer zu solchen Diensten bereit und half in der Not, wo er sich auch nicht schonte. Er hatte auch für sein Alter und seine Größe ungewöhnliche Kräfte. Heim aber war er nicht gekommen, seit er die Eltern verloren hatte. Er war immer wortkarg, sprach nur, wenn er gefragt wurde – und wenn er sonst dazu gezwungen wurde. Die Hofstelle, die sein Vater besaß, wurde versteigert, die Schulden bezahlt. Der Überschuß, eine kleine Summe, fiel beiden Kindern als Erbe zu; aber Thor weigerte sich, etwas anzunehmen. Er sagte, daß der Bruder es bekommen sollte.

An dem Tage, als beide Eltern begraben wurden, wollte eine Frau gehört haben, wie Thor oben in den Bergen einen Psalm sang. Aber einige sagten, Thor sei nicht in den Bergen gewesen, als sie es hörte, sondern im Dorf. – Andere sagten, daß auch eine Magd, die oben auf der Alm war, jemanden singen gehört hatte, aber die Stimme sei nicht zu erkennen gewesen. Sicher ist, daß Thor am Morgen des Tages, als der Vater sich erhängte, in den Bergen war, zur Mittagszeit aber daheim. Da fand er das Gesangbuch, nach dem er zuvor vergebens gesucht hatte. Das nahm er. Es lag auf der Brust der Mutter. Wie es dort hingekommen war, ist kaum zu verstehen, falls nicht der Vater im Haus gewesen war und seine Frau tot hatte liegen sehen, bevor er Hand an sich legte. Thor hatte da seine eigene Meinung, sowohl über den Selbstmord des Vaters als auch über diese Sache. – Später hatte man Thor, wenn man sich ihm vorsichtig näherte, oft singend angetroffen, doch so leise, daß keine Worte zu hören waren. Er war nun einmal so geworden, wie er war.

III

Per und Thora waren in aller Stille begraben worden. Am Abend saßen Erik und Inger in der Stube und sprachen über dies und das. Da kam Erik – vielleicht zufällig, vielleicht mit Bedacht – allmählich damit heraus, daß er Thora in der Jugend gern gehabt und um sie geworben, aber ein Nein als Antwort bekommen hatte. Deshalb wollte er jetzt das Kind zu sich nehmen und es großziehen, um wiedergutzumachen, daß er, wenn sich die Gelegenheit bot, kleine Sticheleien über ihre Manneswahl angebracht hatte, besonders wenn sie selbst es hörte.

»Ja, wir sind ja ohne Kinder«, meinte auch Inger. »Da können wir doch jemanden brauchen, der uns auch im Alter erfreut.« So wurde es denn entschieden. Und das Geld, das der Junge als Erbe erhielt, sollte auf eine Bank gebracht werden, »dann könnte es dem kleinen Kerl einmal nützen.«

»Aber – wie wollen wir ihn nennen?« fragte Inger.

»Ja, das ist deine Sache.«

»Er ist ein Sonntagskind. Einen ordentlichen Namen muß er haben.«

»Ja, ja!«

Sie stand eine Weile.

»Er darf nicht nach seinen Eltern genannt werden, Erik.«

»Nein, nein.«

»Bjørger?«

»Ja, du hast den Namen gefunden – ich finde die Paten.«

Dann kam der Tag. Die besten Leute des Dorfes waren dabei, und unter ihnen wiederum die besten als Paten. Als der Pastor sagte: »Bjørger«, steckten die Leute die Köpfe zusammen und flüsterten. Es war recht seltsam mit diesem Kind! Als der Pastor mit der Bibel in der Hand dastand und las, lachte es und wollte das Buch greifen, und wenn es weinte, war es nicht wie die Stimme eines Kindes, sondern wie das unterdrückte Weinen eines Erwachsenen. Die Alten hatten ihre eigene Meinung über das Weinen und das Kind überhaupt, und fast immer ging bei ihnen die Rede von allerlei Merkmalen und Zeichen, auch noch lange Zeit später. Sie gaben auf jede Miene des Kindes acht und darauf, wie es sich verhielt.

Auf Sulheim bekam es nun ein Zuhause, dort wuchs es auf und gedieh gut. Es lernte unglaublich schnell durch Zusehen. Als es ein Jahr alt war, sprach es mehrere Wörter und konnte zwischen den Schemeln laufen. Die Leute selbst, Erik und Inger, hatten solche Freude an dem Kind, daß fast nur die Rede davon war, wie sie es anstellen könnten, daß es den Kindern anderer Leute voraus war. Kam eine Bäuerin auf den Hof, mußte das Kind auf den Schoß. – Alle waren sich einig, daß aus diesem Jungen etwas Großes und Außergewöhnliches werden würde.

Die alten Leute sprachen oft von Dingen, die Erik und Inger seltsam schienen, und darüber dachten sie nach, wenn sie nachts in Ruhe und Einsamkeit dalagen.

»Hast du gehört, Inger, was Paal Bjørketeigen über den Jungen gesagt hat?«

»Ja«, antwortete Inger, sie hatte es gehört.

»Glaubst du etwas davon?« fragte er wieder.

»Und du, als belesener Mann?«

»Hm –«, antwortete er nachdenklich und stopfte die Stummelpfeife zum letzten Mal an diesem Abend.

»Was er für eine Stirn hat!« sagte Inger. Sie wollte das Gespräch über den Jungen nicht so schnell beenden. Sie betrachtete seinen Kopf. Das Kind lag in ihrem Arm.

»Laß uns nun schlafen!« sagte Erik. Er wollte nichts mehr von der Stirn hören. So viele hatten sich darüber ausgelassen, und er brauchte Zeit, um es erst einmal zu durchdenken.

Bjørger weinte selten. Aber wenn er weinte, war es wie ein Erwachsener, der Kummer hatte. Wenn die alten Leute das hörten, schüttelten sie bedächtig die Köpfe, sagten: »Schmerzenstränen! Schmerzenstränen!« und murmelten einiges mehr, das nach Weissagungskraft und allerlei Wahrsagerei, Kinderkram und Einsicht klang. Wenn er aber lachte und sie am Bart zog, sagten sie: »Ja, lach du nur, lach nur, mein Junge! Früh genug wirst du aufwachen und weinen!« Und wenn er fiel und sich den Kopf stieß, sprachen sie manches, was Erik und Inger ganz unverständlich war, wie: »Er paukt all das Große hinein! Daß es sich nur hält und nicht anderswo wieder hinausschlüpft!« All solche Dinge waren für Erik und Inger nicht leicht zu deuten. Doch wenn sie dann in der Dämmerung zur Abendstunde über die Sache nachdachten, begannen sie wohl, das eine oder andere zu verstehen und zu einer eigenen Meinung zu kommen.

So auch eines Abends, als Erik Inger wieder fragte, ob sie »es glaubte«. – Sie lag lange da, dann sagte sie nur:

»Und du?«

»Ach –«, sagte er wieder und lächelte, »laß uns nun schlafen!« Er wollte nicht der erste sein, der eine Meinung in Worte faßte.

Thor hatte seinen Bruder weder besucht noch gesehen, seit dem Tag vor vier Jahren, als er ihn die Hügel hinaufgetragen hatte. Er kam selten an Sulheim vorbei, desto öfter war er unten bei seinem alten Zuhause. Er fühlte sich irgendwie wohl dort unten, wenn er nur in der Scheune sein konnte, wo der Vater sich erhängt hatte. Dort saß er manche

Stunde und blätterte in seinem Gesangbuch. Manchmal sang er, doch die Bäuerin ertrug es nicht, ihn zu hören, denn dann klang seine Stimme so seltsam und unbekannt. Daher wurde er aus der Scheune vertrieben, und er war nicht der Mann, der sich dagegen zur Wehr setzte, dafür war zuwenig Böses in ihm. Es wurde sehr bald ein Schloß an der Scheune angebracht, aber die Leute glaubten zu wissen, daß er trotzdem dort war, wenn sie schliefen, denn die Hunde bellten so böse in manchen Nächten und machten Lärm. Der Bauer war dann oft draußen, an der Scheune. Hineinzugehen getraute er sich nicht recht: Wenn es um Thor ging, war er nicht übermäßig mutig. Jedes Mal aber, wenn er über die Schwelle hinaustrat, waren die Hunde wie gebannt. Sie standen da und starrten ihn mit kaltem Blick an, daß es ihn schauderte, und dann blieb ihm nichts, als sich in Gottes Hand zu geben und wieder hineinzugehen. Wenn er aber drinnen war, schlugen die Hunde wieder an und bellten bis gegen Morgen weiter. Man hörte sie zuletzt vom Hügel her, von weiter und weiter oben klang es her, bis sie zum Schluß nicht mehr zu hören waren – ganz so, als setzten sie jemandem nach. Dem Mann kam das sehr unheimlich vor, und die Frau behauptete, entweder ginge der Vater um oder sein Sohn, »Thor, der sich unsichtbar machen konnte«. Der Mann bemerkte dann manchmal ernsthaft, daß so etwas »nur Verrückte glauben«, doch wurde das von seiner Frau stets mit den Worten zurückgewiesen:

»Ha! Du traust dich doch ebensowenig wie die anderen in die Scheune hinein.«

»Nein! Der Thor könnte mir ja schnurstracks an die Kehle fahren und mich erwürgen, ehe ich mich's versehe.«

»Nun, dann mußt du es genauso machen«, riet sie ihm zu.

»Zu spät, wenn das Kind in den Brunnen gefallen ist«, antwortete er dann meist.

Sie blieb dabei, daß entweder »der Vater umging« oder Thor durch die geschlossene Tür kommen, sich also in Nichts auflösen könne. Er, der Bauer, wollte sie überzeugen, konnte es aber nicht. Er war kein Mann der meisterhaften Rede.

»Ich weiß, daß ich recht habe. Aber nein, ich kann deinen Glauben nicht umstoßen.«

»So wirst du eben den deinen umstoßen«, antwortete sie und lachte.

IV

Als das Sonntagskind sechs Jahre alt war, meinte Erik, es solle das Alphabet lernen, und während Bjørger draußen war, sprach er mit Inger darüber.

»Das brauchst du nicht, Vater, denn das kann er schon«, antwortete sie.

»Kann es schon?« Erik machte große Augen bei dieser Neuigkeit.

»Ja, unser Herrgott mag wissen, wann er das gelernt hat. Aber er kann es.«

Da mußte Erik sich von der Sache überzeugen; Bjørger also hinein. Es war wahr, das Alphabet konnte er, und ein wenig vom Katechismus obendrein. So saß Erik nur da und starrte seine Stirn an, denn sie war höher und breiter als seine eigene.

»Ja, ja«, sagte er nur, »Gott bewahre deinen Verstand, dann fange ich an zu glauben, was Paal Bjørketeigen gesagt hat.«

»Ich auch«, antwortete Inger dazu.

An dem Abend aber kam Thor zum Hof. Es war sechs Jahre her, seit er seinen Bruder gesehen hatte. Er kam schwankend und vornübergebeugt die Wiese herauf.

»Guten Abend!« wünschte er.

»Danke!« antwortete Inger und erschrak. »So hoher Besuch unterwegs heute?«

»Hm – oh!« Er sah auf den Bruder.

»Komm her, du«, sagte er und streckte die Hand aus.

Bjørger ging zu ihm.

»Wie heißt du denn?« fragte Thor.

»Einfach nur Bjørger.«

Thor hob ihn auf den Schoß, und Bjørger saß still.

»Einfach nur Bjørger«, wiederholte er.

Sie saßen eine lange Weile. Da blickte Thor auf Bjørgers Kopf hinunter und sagte leise:

»Kennst du mich denn, Bjørger?«

»Nein!«

»Ach nein, das ist wohl so!«

Da weinte Thor, wie er da saß, aber nur leise, und strich dem Bruder über das Haar. Erik kam herein.

»Ist Thor heute hier in der Gegend?«

Thor richtete sich auf, setzte den Bruder nieder und drückte Erik fest die Hand, wobei er leise murmelte:

»Guten Abend.«

»Lange nicht gesehen, Thor.«

Thor setzte sich wieder, stocherte in der Pfeife

und zündete sie an. Dann saß er lange nur so da und dachte. Das war seine Art: bedächtig und eingehüllt in Stille und Sanftheit. – Die Augen hingen an Bjørger; blinzelten oft. Dann sagte er zu den beiden:

»Es geht ihm gut«, und zeigte auf den Bruder.

»Oh, es reut uns nicht, daß wir es ihm wohlergehen lassen.«

»Gut!«

Er beeilte sich: Pfeife in die Tasche, Mütze in die Hand, er selbst zur Tür. Erik bat ihn zu bleiben, aber es half nichts. Er müsse nach Øver-Øi, sagte er, und dem Bauern bei einer Steinmauer helfen. – Bevor er ging, gab er dem Bruder einen Klaps an den Kopf und murmelte etwas wie »wenn wir uns wieder treffen, bist du wohl ein großer Junge, Bjørger.« Der Bruder lächelte und schaute ihm durch das Fenster nach.

»Warum hat er geweint?« fragte Bjørger.

Nein, darüber konnte Erik gar nichts sagen.

Tag für Tag verging die Zeit. Vielleicht mit etwas wenig Abwechslung im Leben auf dem Hof und im Umgang mit Menschen für einen, der es brauchte, ging sie und malte das Alter auf Gesichter und Gestalten: machte älter.

Bjørger konnte lesen, das tat er auch. Er spürte jedes Buch auf, jede Zeitung. – So sagte Erik eines Tages eher im Spaß, daß Bjørger in die Schule müßte. Ja, das meinte Inger auch. Und sie ging ans Werk, die Kleider zu richten. – Der Junge sah mit erwartungsvollen Augen auf »Die Erklärung«, die

Erik gekauft hatte. Er bekam das Buch auch, doch zuerst mußte er eine Examination durch Erik über sich ergehen lassen, »Biblische Geschichte« und »Katechismus« eingeschlossen. Er konnte »wahrhaftig viel«, und Erik saß nur da und bestaunte seinen »gesegneten« Kopf. –

So ging er eines Tages gegen Ende des Sommers zur Schule. Man sah ihm nach. Er war nicht wie andere Schulkinder, hüpfte und lärmte nicht, er sah nur zu Boden, griff zuweilen fester um die Bücher, blickte aber wieder nieder, genau wie ein Student mit allerlei gelehrten Problemen im Kopf – oder am Abend vor dem Examenstag.

Erik sagte, als er hinausging:

»Wäre der Junge nur schon acht Jahre alt.«

V

Als Bjørger das Schulzimmer betrat, blickte er zu Boden und grüßte leise. Direkt vor ihm saß der Schulvorsteher Gudbrand Aasen, und zu beiden Seiten saßen die Kinder. Als er aufzusehen wagte, sah er als erstes den Schulmeister. Dann – weil der graue Alte ihn nicht ansah – ließ er die Augen nach beiden Seiten schweifen. Alle waren klein, das sah er, aber er war sicher der Kleinste, weil niemand ihm einen Platz anbot. Sie saßen nur da und schauten ihn an, als wäre er nicht der, der er war. Es dauerte lange, bis er nach vorn gerufen wurde, und als er vortrat – auf Zehenspitzen, so gut es ging –, steckten die anderen die Köpfe zusammen und kicherten. Und eins hörte er sie sagen: »der Mönch«. Er fühlte, wie es stach, im Kopf und in der Brust, schlich aber dennoch nach vorn. Und als Gudbrand, der das Wort »Mönch« aufgeschnappt hatte, den Kopf wandte, sah er fast überall Lachen und Getuschel.

»Stille jetzt. Nicht so ein Krach!«

Das waren immer seine Worte. Manchmal setzte er auch, wenn sie zum Beispiel Fensterscheiben einwarfen, mit Papierkugeln schossen oder einander in die Arme kniffen, »Rindviecher« hinzu, und dieses eine Wort ersparte den Knotenstock. Denn es wurde immer erst kurz vor dem Stock angewendet, der an einem Haken hinter ihm an der Wand hing. Völlige Stille. Bjørger las auf Aufforderung das erste Gebot, und das, ohne mehr als einmal Luft zu holen. Dann das zweite, das dritte und das vierte. Da meinte der Schulmeister, es wäre genug damit. Dann wurde bis zur Haustafel weitergeblättert. Er las mit geschlossenem Buch. Er las trotzdem. Da meinte der Schulmeister, es sei an der Zeit zu sehen, wen er vor sich habe, ob es ein Schulkind sei oder ein kleiner, ganz kleiner Pfarrer.

»Ah!« sagte er, und verschiedene Ahnungen stiegen in ihm auf. »Ich habe schon von dir gehört: der Sulheimjunge.«

Er mußte sagen, wie alt er war, und den vollen Namen. Acht Jahre alt, aber er heiße einfach nur Bjørger.

»Wer hat dich denn die Buchstaben gelehrt?«

Er drehte sich auf dem Absatz um und zeigte auf ein langes, blauäugiges Mädchen mitten in der Gruppe.

»Sie.«

»Aha!«

Er bekam einen Platz. Ein anderer las. Nein, so

ein Lesen hatte Bjørger wohl noch nie gehört, und er dachte manches Mal, daß der Schulmeister dem Jungen die Faust an den Kopf schlagen würde.

Schluß. Da hielt Gudbrand eine Ermahnungsrede und zeigte auf Bjørger; sagte halblaut:

»Ja! Dafür stehe ich ein, dem Alter nach ist der da der beste Bursche im ganzen Lande Norwegen. Hm! Hm!«

Auf dem Heimweg hörte Bjørger einige über ihn lachen. Er kümmerte sich nicht darum, nicht die Spur, sah nicht einmal auf. – Zu Hause sagte Erik:

»Willkommen zurück von Großer Fahrt.« Er lachte.

»Ha, ha!« lachte er selbst auch.

Da verstand Erik. Es war ihm gut ergangen.

Inger ging nach Essen und Trinken.

Da nahm Erik seinen Platz auf der Bank ein und kaute an seinen Fingern.

»Na – wie ist es gegangen?«

»Gut.«

»Aha!«

Nichts mehr darüber. Inger kam zur Tür herein und pflichtete allem bei – allem!

So verstrichen vierzehn Tage. Der Junge ging hin und wurde jeden Tag gelobt, besonders aber für seine Aufsätze. Die waren so »ganz vortrefflich«, sagte der alte Gudbrand Aasen.

Eines Abends wollte der Lehrer Bjørger nach Hause zum Sulheimhof begleiten. Also steckte er einige Zeitungen in die Tasche, und sie trotteten davon. Keiner von ihnen sprach. Dann und wann –

aber wiederum auch nicht so selten – ließ der Alte die Augen verstohlen zu dem Jungen hinüberwandern. Er schaute wahrscheinlich auf die Stirn. Bjørger selbst sah es nicht.

Erik war draußen. Sie begrüßten sich und gaben sich die Hand.

»Schönes Herbstwetter, Erik!«

»Ja, das magst du wohl sagen.«

»In der Schule ist Frühling!«

Das verstand Erik nicht.

Da merkte der Alte, daß er mit einem wichtigen Wort zur falschen Zeit kam – und so tat er einen tiefen Atemzug und trällerte:

»Frühling – Frühling – Frühling – Frühling – Frühling! – Und Frühling! Ach ja!«

Sie gingen hinein. Bjørger blieb draußen.

»Hast du die letzte Ausgabe gelesen von – welche Zeitung hältst du jetzt?«

»Den ›Volksfreund‹!«

»Ich habe etwas mit, was du gewiß nicht kennst.«

Damit zog er ein Päckchen aus der Tasche. Aber nun war Inger mit dem Bierkrug gekommen, und es wurde zum Trinken ermuntert.

»Den ›Volksfreund‹, sagtest du?« – Es war, als denke er nach. »Das ist ein jämmerliches Blatt, das schädliche Lehren beim unwissenden, einfachen Mann verbreitet.«

»Sag das nicht, Schulmeister. Es hat uns manch gutes Geschichtchen gebracht.«

»Und den ganzen Winter hindurch mit einem

Laien über Sündenvergebung und Absolution gestritten.«

»Ja. – Das ist ein kluger Kopf, dieser Redakteur!«

»Ein Ungläubiger –«

»O nein! Er hat Verstand, siehst du, und deshalb möchte er gern zeigen, daß er etwas weiß – nicht, weil er mit dem Herzen dabei ist, wollen wir hoffen.«

»Aber der Ungefestigte verträgt nicht –«

»– daß man etwas versteht«, wandte Erik ein.

»Was hältst du denn davon, daß er glaubt, die Pfarrer könnten Jesu wegen keine Vergebung der Sünden erteilen?«

»Oh!«

»Oh!« Da wurde Gudbrand wütend. Er wollte dieser Sache auf den Grund gehen.

Erik hielt es für das Beste, nun einige Worte über Gudbrands Zeitung zu verlieren.

»Ist das ein gutes Blatt?«

»Ja, nun wollen wir etwas daraus hören. Wo ist Bjørger?«

»Ja, wo ist er, Inger? – Nun, findest du nicht, Schulmeister, daß ich ein wohlgeratenes Mündel habe?«

»O ja, keinerlei Klagen.«

Bjørger kam, las schnell aus einer Zeitung vor und aus der zweiten. Dann aber bekam er eine, bei der ihm befohlen wurde, nicht so schnell zu lesen. Also begann er; aber – dann war es, als käme er zu einem schlimmen, sehr schlimmen Wort.

Er brach ab, errötete tief und lief hinaus.
Der Schulmeister lachte, sagte aber nichts.

»Du liebe Güte! Was für ein Wort muß das gewesen sein!«

»War es vielleicht aus einer fremden Sprache?« fragte Erik. Es gefiel ihm nicht recht, daß irgend etwas Bjørger im Lesen gehemmt hatte.

»Nein, keine fremde Sprache. Ach, er wird schon zurückkommen.«

»Sieh dort! Ist er das nicht, der zum Fenster hereinschaut?«

»Nein.«

»Doch, ich habe es an der Stirn gesehen.«

»Ja, diese Stirn, diese Stirn!« sagte Erik; er strich sich die Haare aus seiner eigenen. Eine Weile nur Stille.

»Du mußt ihn wohl wieder hereinholen, Inger«, sagte Gudbrand.

»Wenn ich ihn nur erwische –«

Sie ging und kam mit dem Jungen zurück. Er griff nach der Zeitung, und viel schneller, als er sonst las, las er das Folgende wie unter Spannung:

»Frühling im Herbst.

In den 37 Jahren, in denen ich Schulvorsteher bin, hat kein Kind bei der ersten Prüfung gezeigt, daß es so bewandert in Büchern war und den Verstand besaß, das Gelesene richtig anzuwenden, – wie Bjørger, ein Adoptivkind, das bei Erik und Inger Sulheim lebt, Sohn der verstorbenen Per und Thora auf Lia. Obwohl noch nicht schulpflichtig, kam er zur Schule, übertraf aber dennoch die Schüler, welche im nächsten Jahr mit dem Konfirmandenunterricht beginnen wollen, besonders in Geschichte, Schreiben und Aufsätzen. Diejenigen, welche sich seiner angenommen und ihn aus seinen mystischen Familienumständen befreit haben, verdienen großen Dank, und es ist zu hoffen, daß er, wenn ihm in Zukunft Gesundheit vergönnt ist, es ihnen nicht mit Undank lohnt. Mich macht er mit jedem Tag jünger, an dem er erscheint.

Gudbrand Aasen, Schulvorsteher.«

Inger hatte die Hände gefaltet. So etwas hatte sie noch nie gehört. Und Erik erst! Er geleitete den Schulmeister hinaus, legte sich sofort nieder; murmelte am Schluß des Abendgebetes:

»Gott! Sei seinem Verstande gnädig!«

Seit jenem Abend schien es Erik, daß Bjørger sehr erwachsen geworden war. Inger ging es ebenso. Nicht selten fanden sie ihn auf dem Dachboden: Feder hinter dem Ohr, Papier vor sich auf einem Schemel und den Kopf in die Hand gestützt. So konnte er lange Zeit dasitzen, grübeln und hie und da einige Federstriche machen. Erik sprach niemals mit ihm darüber. Er achtete nur auf die Stirn und die Geschicklichkeit der Hand. Inger war ein wenig verängstigt, wenn sie ihn unverhofft auf dem Boden antraf. Er aber lachte dann so treuherzig, daß sie mitlachen mußte. –

Nicht lange darauf wußte das ganze Dorf, daß Bjørger Sulheim in der Zeitung gestanden hatte. Da besannen sich die Alten ihrer ganzen Weissagungskraft. Sie kleideten sie in Worte: »Es ist nicht das letzte Mal, daß er seinen Namen gedruckt sieht. Diese Stirn mußte doch etwas bedeuten – und so ein seltsames Zeichen trügt nie!«

VI

Einige Jahre vergingen.

Von dem Tage an, als Bjørger durch die Zeitung in Stadt und Land bekannt wurde, war es, ais wachse er merklich Tag für Tag. Selten war er in jenem Winter draußen. Wenn er aber draußen war, dann am liebsten, wenn es sehr stark schneite. Denn er durfte sich vornehmen, was er wollte, Erik erlaubte es ihm, weil er sah, daß er nie unbeschäftigt war. – Wie gesagt, er liebte es, auf die Schneeflocken zu starren, wenn sie zur Erde niederschwebten. Gingen andere an ihm vorbei, wie er so dastand, mußten sie sich umwenden und den seltsamen Jungen anstaunen, denn alle kannten ihn. Die Mädchen aber hatten Angst vor ihm, sie glaubten, daß er etwas von dem Wahnsinn des Bruders hatte. – Wenn er nicht draußen war, war er am liebsten auf dem Dachboden, wo er entweder schrieb oder las. Er hatte einige Bücher vom Pfarrer geliehen, und unter diesen waren auch vier Blätter von

Bjørnsons »Ein fröhlicher Bursch«. Ach, gefielen ihm diese Blätter gut! Und dann die seltsame Art zu schreiben! Auf dem Einband sah er, daß sie erst kürzlich erschienen waren. Es mußte also eine neue Art zu schreiben sein. Wer solche Aufsätze schreiben könnte, dachte er. – Von dem Tage an, als er diese Blätter bekam, begann er, seine Schreibweise ein wenig nach ihnen zu richten. Wortkarg, aber so gehaltvoll wie möglich. Der Schulmeister merkte das; er sagte nichts, lächelte nur ein wenig, denn er selbst hielt sich an die alte Art zu schreiben.

Eines Tages bekam er eine Nachricht vom Pfarrer, er solle ihm einen seiner Aufsätze senden. Nein, das schickte sich doch überhaupt nicht, fand er; er war doch noch nicht einmal elf Jahre alt. Aber Erik versprach, ihn hinzubringen, da muße er einen schreiben. Also schnell auf den Dachboden. Zuerst aber mußte er die Blätter von »Ein fröhlicher Bursch« durchlesen, um noch etwas zu lernen und in der neuen Art zu schreiben sicher zu sein. Eine Weile überlegte er, worüber er nun eigentlich schreiben sollte. Und dann war es beschlossen, daß er – über den *Schneefall* schreiben würde. Da schrieb er all das Seltsame, das er in den Flocken zu sehen meinte, und er dachte den ganzen Tag lang nach. Er wollte weder essen noch trinken, und Inger tat es richtig leid um ihn.

»Nein, laß ihn nur weitermachen«, sagte Erik.

Als es schon spät am Abend war, kam er herunter; zwei kleine Bögen in der Hand und die Feder hinter dem Ohr.

»Nun mußt du vorlesen«, sagten sie.

Er wollte nicht recht, aber sowohl Inger als auch Erik baten ihn. Er bereute es fast, als er es getan hatte, denn Erik sagte:

»Nein, das geht niemals im Leben an! Niemals wird so in Büchern geschrieben! Du hast den Satz richtig mitten durchgehauen – mitten durch!«

Bjørger sagte nichts; aber auf seiner Stirn zeigten sich einige tiefe Falten – die ersten, die Erik dort sah.

»Ja, ja!« sagte Erik. »Man kann wohl trotz allem nicht mehr von dir erwarten, also werde ich gehen.« –

Als Erik zurückkam, war Bjørger zu Bett gegangen, Inger saß wach.

»Nein, Inger, ich möchte gar kein Essen haben. Ich bin noch so satt.«

»Du bist noch satt?«

»Ja.«

Sie saßen eine Weile. – Inger verwundert.

»Ist Bjørger schon eingeschlafen?«

»Ich glaube, ja.«

»Ach, mir scheint, der Pfarrer und der Junge sind beide verrückt«, sagte Erik langsam. Er rutschte unruhig auf der Bank hin und her.

»Der Herr sei ihnen gnädig!« sagte Inger.

»Ja, der Pfarrer wurde so – ja, er gefiel ihm so gut, daß –«

»Der Aufsatz?«

»Gewiß.«

Bjørger hörte es oben auf dem Dachboden, legte

sich leise auf den Rücken und sagte: »Amen! In Jesu Namen«, wie am Schluß des Abendgebetes – und damit schlief er ein.

»Pst, Inger! Er ist wach.«

»Aber nein!«

»Wir dürften nicht so laut sagen, daß es gut geschrieben ist, hat der Pfarrer gesagt. Es könnte ihm leicht zu Kopf steigen«, sagte Erik. –

»Das ist wahr.«

»Also, was er an dem Aufsatz findet, verstehe ich nicht.«

»Ach, er weiß schon, was er sagt.«

»Ja, aber der ganze Satz ist mitten durchgehauen.«

»Nun, ich verstehe das nicht, siehst du. Aber wir könnten ja den Schulmeister fragen, falls der Pfarrer verrückt ist.«

»Ach, der Schulmeister ist genau vom gleichen Schlage. Übrigens will der Pfarrer den Aufsatz früher oder später drucken lassen.«

»In der Zeitung drucken?«

»Ja.«

»Ich fange langsam an, mich um seinen Verstand zu sorgen, er wird diese ganze Aufregung nicht vertragen.«

»Der Pfarrer sagte so viel über ihn, daß ich mich um nichts gekümmert habe«, meinte Erik gedankenvoll.

»Hm. So, so!«

Sie gingen zur Ruhe. Da dachten sie über verschiedene Dinge nach. –

»Nein, es hat zuviel von diesem verflixten Gelobe gegeben«, sagte Erik am Morgen. »Denn erst kürzlich habe ich in einem Buch gelesen – hier – laß mich nachschauen – hier steht es, was ich gesucht habe:

›Die Genies des Südens sind wie Gurken, die in ihrer Art gewöhnlich alle gut, aber desungeachtet nahezu ungenießbare Früchte sind; die Genies des Nordens dagegen sind wie Melonen, von denen kaum eine unter fünfzig gut ist, wenn sie aber gut ist, ist sie ganz vorzüglich.‹

Da hörst du es«, sagte Erik, »entweder ist der Junge wie die anderen, oder er ist ein kleines Wunder.«

»Ja, du stützt dich auf Geschriebenes und Gedrucktes, Erik. Du bist ein belesener Mann!«

»Ich muß mir sicher sein in dem, was ich sage. Das muß der Pfarrer wie der Küster.«

»Aber – diese Stirn!« Und Inger ging hinaus.

VII

Der Sommer ging dem Ende zu. Bjørger war fast so groß wie Erik, denn er geriet in der Größe nach seinem Vater. Am Tage war er bei der Feldarbeit; aber so müde er auch war, er saß noch bis tief in die Nacht auf mit Schreiben oder Lesen. Was er schrieb, bekam nie jemand zu sehen, aber manchmal las er Inger das eine oder andere Stück vor. Ihm kam ein Buch ohne Titelblatt in die Hände. Inger nannte es »Thomas Falster«. Darin standen Verse, aber er mochte sie nicht. Ansonsten waren die losen Blätter von »Ein fröhlicher Bursch« doch das, was er am häufigsten durchlas. Manchmal bekam er so eine brennende Lust zu schreiben, daß er sich vom Feld fortstahl und auf den Dachboden schlich und schrieb. – Mit den Jahren wurde er ein wenig zugänglicher; er machte gern mit beim Spielen und Toben, nahm aber nie an Raufereien teil.

Eines Tages zogen die Schnitter pfeifend vom

Feld heim zum Essen. Hatte Bjørger den Berghang auch früher schon gesehen, schien es ihm doch, daß er nie schöner gewesen war. Er blieb stehen. Schaute und schaute. Und – wie die Vögel dort droben sangen! Er mußte auf den Gipfel hinauf. Dort war er noch nie gewesen.

Welch ein Anblick! Er war wie gebannt. Dann zog er Papier und Bleistift aus der Westentasche. Nun wollte er ein Gedicht über den Berghang schreiben, über die Vögel, den Wald, über alles, was er sah. Aber ein richtig großes und herrliches Gedicht mußte es werden. Schrieb und strich durch – und schrieb wieder – und dachte. Wie er nachdachte! – Endlich war er fertig, und so stieg er hinab. Auf dem Weg begegnete er einem Grauhaarigen. Bjørger wollte vorbei.

»Nein, bleib! Nach dir suche ich«, sagte der Graue.

Da wandte er sich um.

»Setz dich, Bjørger, und unterhalte dich mit einem alten Bekannten.«

Er setzte sich.

»Es steht etwas über dich in der letzten Zeitung.«

»So!« Bjørger war verwundert.

»Hier.«

Er bekam die Zeitung, die er überflog, und noch während er las, wurde ihm seltsam zumute und er errötete. Er las.

Der Schneefall

Einer von Bjørger Sulheims Aufsätzen

(Durchgesehen vom Mitteilenden)

Man meint, im Schneefall etwas Gewöhnliches zu sehen, zu seiner Beschreibung benötige man nicht viele Worte, glauben die meisten. Und doch gibt es etwas daran, was nicht zu erklären ist, obgleich jede Flocke eine Zunge hat, die spricht, und eine Hand, die in ihrer eigenen Lebensgeschichte blättert.

Wir wollen hören, was mir eine große Schneeflocke am Abend eines solchen Tages erzählte, als sie mit unzähligen Millionen ihresgleichen zu mir herniederschwebte.

Ich kann mit den Glücklichen glücklich sein! – Droben in der Unendlichkeit war ich Königin über eine große weiße Welt. Meine Untertanen waren, wie man es erwarten kann, ein gut Teil kleiner als ich, doch alle waren hübsch und gebildet. Ich war ja die Königin. Von meinen Untergebenen war mir niemand feindlich gesonnen. Weiter droben aber wohnte mein und der vorigen Königinnen ärgster Feind, der als König über ein wildes und unbändiges Volk regierte, das Die Stürme genannt wurde. Fast täglich schickte der König der streitbaren Stürme einige der Seinen hinaus, um meine bescheidenen Untertanen zu erschrecken und zu reizen; – denn bescheiden sind sie, sie haben von mir gelernt. – Sie waren so wild, daß sie die Meinen sogar bis vor meinen glänzenden Thron verfolgten. Doch da waren sie wie geblendet von all dem Weiß und dem Glanz. So wandten sie sich ängstlich um und zogen davon.

Ihr König saß auf einer hohen, sehr hohen Stange

und kaute vor Ungeduld und Spannung auf seinem Daumen. »Mit leeren Händen!« rief er. Und so war es; sie brachten nichts mit. Er lachte und zwang sich, so zu tun, als ginge alles, wie es sollte. Aber er platzte fast vor Zorn und allerlei unangenehmer Ungerechtigkeit. Dann ließ er einige seiner besten Leute vortreten. Sie sollten die »weiße Welt« erobern, wo ich Königin war, sofern sie königliche Gnade und Gunst erwarteten. Einige meiner Untergebenen liefen angsterfüllt zu meinem Palast und erzählten, daß sie von den Stürmen in die Flucht gejagt worden waren. Ich setzte eine stolze Miene auf und ließ meine Leute strahlend ankleiden. Damit hoffte ich sie zu blenden, wie beim letzten Mal. Und – es kam, wie ich erwartet hatte. Der Feind bog ab und lief vorbei, als ob niemand Böses im Sinne hätte, sondern nur zum Vergnügen unterwegs war. Ihr König aber empfing sie mit Hohngelächter und sagte: »Kinder vollbringen Kindertaten!« – So lange sprach er über diese Feigheit, daß fast der ganze Rest seines Heeres sich erbot, einen Hauptangriff auf die »weiße Königin« zu wagen, wenn er selbst der Anführer sein wollte. Das gelobte er – und – los ging es.

Ich erblickte sie schon von weitem. Einige meiner Untertanen wurden toll. Sie liefen entsetzt zu mir und jammerten. Ich sagte: »Je größer die Sach', desto schwerer das Joch; desto größer aber auch der Sieg!« Waren sie bereit, auf Leben und Tod zu kämpfen, konnten wir die werten Stürme noch immer am Schopfe packen. – Aber die Armen! Sie waren zu friedfertig, um Krieger zu sein. Es waren viele, die ohne Bedeckung, ohne Waffen auf die große Streitmacht trafen, und sie flogen, doch zum letzten Male. Sie wurden hinabgejagt – hinab – o so weit, so weit. Die meisten aber blieben bei mir zurück. Auf Posten standen wir. Schon hörten wir das wilde Grölen, Lärmen, Brausen und Heulen der Stürme, und – nun war die Zeit da, nun mußten wir hinaus. Ich wollte aber nur ungern den Platz verlassen, auf dem ich als Königin so lange in innerer Ruhe gethront hatte, und deshalb war ich die letzte. Die Meinen voran; ich hinterher – aber – war es möglich? Ja, wir sanken – sanken! Die Stürme verfolgten uns, und wir sanken.

Ich wollte mich umwenden und sie vielleicht noch einmal blenden, konnte es aber nicht. Da wurde mir so wunderlich zumute, mir schwanden die Sinne, und ich wurde taumelig; aber ich sank! Es schien mir, als fiele ich immer weiter in ein tiefes, dunkles Grab, und so war es. Die Stürme hatten kehrtgemacht, aber dennoch – wir sanken. Ich war wie tot. Als das Bewußtsein zurückkehrte, lag ich hier so strahlend weiß, daß die Leute schneeblind wurden, wenn sie mich ansahen. Ich war also eine Plage; das war ich früher nie. Da erblickte ich die Sonne. Ich dachte an meine frühere Herrlichkeit, an meine Untertanen, an meinen Glanz und – nun war ich nichts, gar nichts. Ich weinte; meine ehemaligen Untertanen auch. Ich fühlte ihre Tränen unter mir. Sie weinten vor Kummer, es wurden immer weniger, sie weinten sich zu Tode! Da dachte ich: Das darf nicht sein! Und in diesem Augenblick kam der Sturm zurück, wohl um nach uns, seinen Opfern, zu sehen. Da wurde mir kalt, so kalt, nur durch die Nähe des Sturmes. Ich erinnerte mich an all das Böse, was er getan hatte, und deshalb verging jeder heitere Gedanke an vergangene Herrlichkeit. Nun glaubte ich ernsthaft, daß ich sterben würde, und ich schloß die Augen. Kälter und kälter wurde es. Ich lag lange da. Einmal wollte ich doch noch hochschauen – und in diesem Augenblick sah ich in der Ferne Leute, die unterwegs waren. Sie kamen näher. Da sah ich, daß es einige junge Menschen waren, die eine Schlittenfahrt machten. Sie glitten über mich hinweg. Da hörte ich sie sagen: »Welch herrlicher Schnee!«, und die Dame klatschte in ihre kleinen Hände. Da war auch ich glücklich; denn – ich kann auch mit den Glücklichen glücklich sein!

»Ich möchte die Zeitung zurückhaben«, sagte der Grauhaarige.

»Hier.«

Er bekam sie; steckte sie in die Tasche.

»Es stand etwas über dich darin«, fuhr er fort.

»Ach, so ein dummes Zeug.«

»Es ist aber über dich«, sagte der Grauhaarige. Er wollte nichts Schlechtes hören. Er klopfte auf die Tasche und sagte:

»Siehst du, ich weiß deinen Namen.«

»Mag sein.«

Bjørger wollte gehen.

»Ich bin dein Bruder«, grinste der Grauhaarige und verzog den Mund.

Da stand Bjørger wie allein zum Kampf mit einer großen Macht. Eis legte sich um sein Herz. Es war, als triebe ihm Graunebel ins Gesicht, so daß er ihn einatmen mußte, und der Wolkenschleier umschloß ihn fest; er hatte das Gefühl, als liege die Last von etwas Ewigem auf ihm. Er wollte nachdenken, doch die Gedanken fuhren verängstigt die Hochebenen auf und ab. Erst nach und nach kehrten sie zurück, sie hängten sich an etwas, das so leicht war wie Spinnweben an Tannenzapfen. Nur eines stieg empor, so schien ihm, aber es ging langsam, die Kräfte waren geteilt. Da war es, als fahre etwas in ihn, wie durch einen engen Spalt, aber es bot keinen Trost, es war eher wie etwas halb Kaltes, das abwechselnd lachte und weinte.

»Grauhaarig«, brach es aus ihm hervor. –

»Aber nicht glatzköpfig«, antwortete der mit dem Haar ruhig.

Da fühlte er sich doppelt so stark, und so setzte er sich.

»Ich habe dir etwas zu sagen, mein Bruder«, sagte der Grauhaarige, »und dies ist das letzte Gespräch; denn ich gehe bald auf eine lange Reise: ich hörte so seltsame Dinge gestern nacht.«

Er richtete sich auf und rollte mit den Augen.

»Ich trage etwas bei mir, das du haben sollst«, fuhr er fort und griff in die Tasche.

Ein langer Fetzen aus Leinen wurde vorsichtig

entrollt: Es kamen eine Menge kleine Zettel hervor; alle beschrieben. Er strich sie glatt.

»Meine Bibel«, sagte er und biß sich auf die Nägel. »Du sollst sie haben.«

Sie wurden wieder in das Tuch gelegt und mit Bindfaden verschnürt.

»Das ist wohl nichts, was ich gebrauchen kann«, sagte Bjørger. Er fürchtete sich fast vor all diesen Zetteln in verschiedenen Größen.

»Doch, wenn es dir gelingt, sie zu verstehen, dann –«

»Ich muß an andere Dinge denken.«

»Dann mach, was du willst. Ich biete sie nicht oft an.« Der Grauhaarige blinzelte und grinste.

»Ich kann sie ja auch nehmen.«

»Nein, du brauchst nicht!«

Er bat nur die wenigen Male.

Da spürte Bjørger, wie Angst in ihm aufstieg. Etwas Stechendes wuchs in ihm, das er doch mit seiner Einsicht wahrnehmen konnte – besonders anfangs – aber recht unbekannt war es dennoch: weder Wahnsinn noch Zorn; eher etwas Kleineres. Das ist am schlimmsten, besonders wenn es so ungeheuer vielfältig ist.

Aber dann nahm er sich zusammen und streckte die Hand zum Abschied hin.

»Wie du willst«, lautete die Antwort.

Der Grauhaarige erhob sich sofort, schaute in die Brusttasche, ob er dort alles beisammen hatte, und dann schwankte er den Berghang hinauf. Er sah sich nicht um.

Am Abend des nächsten Tages fand ein Hütejunge Thor, der fast bis zur Unkenntlichkeit zerschmettert und mit dem gebrochenen Blick des Todes in den Augen dalag. Das, wovon er geträumt und wonach er sich vielleicht gesehnt hatte, das bekam er schließlich auch: zu Ende war alle Verkennung, zu Ende alle Plage! Er starb, wie er gelebt hatte: das Bett von Pflanzen bereitet; als Laken das Grün des Berges.

VIII

Ein Ereignis hatte seine Wirkung auf Bjørger, und das war sein letztes Zusammentreffen mit dem Bruder und dessen Tod. Bjørger wurde tief grüblerisch und finster. Zuweilen gefiel ihm die Macht der Gedanken, die nach allen Richtungen um sich griffen. Dann wiederum hätte er gern alles dafür gegeben, wenn er sie nur loswurde. Es mußten wohl sehr verschiedene Gedanken sein. Ihm graute vor all dem, er war es leid. Das waren keine leichten Gedanken, nein, sie konnten ihn dazu bringen, Mund und Hand zu bewegen, aber nur ganz leise! – Er saß am liebsten auf dem Dachboden. Den Kopf in die Hand gestützt, den Ellbogen dabei hart auf der Tischkante. Er wetzte seine Jacke am linken Arm ab. Inger flickte sie. Die Rechte lag meist mit einem Bleistiftstummel auf dem Knie. Manchmal mußte er schreiben – aber nicht, wenn er so übervoll war, daß ein Gedanke den anderen ins Grab stieß. Nein, er mußte schreiben, bevor der schlimmste kam, er reffte gleichsam die Segel vor dem Orkan. Dann schrieb er und strich durch, schrieb aber wieder. Das Geschriebene wurde in eine bemalte Holzkiste gelegt, und der Schlüssel kam in die Tasche. Dann die Kiste wieder auf: Schreiben, streichen und schreiben. Bis der große Gedanke kam. Dann saß er da wie die Fliege ohne Flügel; starrte nur auf einen Fleck und schwitzte. Es wurde gerufen. Er ging dann hinunter, denn zuverlässig wollte er sein, bei allem Unsinn in dem, was er tat. Er irrte gleichsam im Kreis herum, kehrte aber immer an dieselbe Stelle zurück, zum Unsinn – bis der Kreis gesprengt war; da war er ein anderer.

Wenn er sich schließlich wieder faßte und darüber nachdachte, wie er da saß, und sich an den Kopf griff: getrockneten Schweiß berührte, dann dachte er, daß er – ja, daß er – verrückt war, daß es ihm an Verstand fehlte. Aber eines Tages las er im Geschichtsbuch von einem Mann, der vor mehr als 2000 Jahren lebte, von Sokrates: Von Gedanken ergriffen, konnte dieser plötzlich stehenbleiben und denken; so angestrengt denken, daß er dort, wo er war, stundenlang stehenblieb und einfach tief nachdachte. Es lag nicht daran, daß es ihm an Verstand fehlte, sondern möglicherweise daran, daß er zuviel davon hatte, Überverstand besaß. Aber habe ich denn Überverstand? fragte Bjørger sich dann meist, und er griff sich an den Kopf. Ach nein! So schön war es wohl nicht! – Nicht über sich selbst hatte er diese großen Gedanken. Aber es konnte schon sein, daß auch er einiges zu fragen und zu beantworten hatte, zu erhoffen und zu befürchten, zu beseufzen und zu belächeln, trotz allem. Auch er selbst gehörte dazu, aber er war nicht dieser Eine, Einzige. Für sich allein flogen seine Gedanken kaum und suchten die großen Höhen auf. Ein wenig für den Verstand vielleicht, wäre er von den Gedanken abgesondert, aber zumeist für ein anderes Etwas.

Als die Alten von seinen ständigen Grübeleien erfuhren, machten sie von all ihrer Weissagungskraft Gebrauch. Da geschah es nicht selten, daß Erik und Inger halblaute Worte über die Stirn und das »Zeichen« und anderes mehr hörten, Dinge, die ihnen schon früher zu Ohren gekommen waren. Klug wurde man nicht aus Bjørger, aber man achtete auf ihn wie auf den Almanach im Haus.

Eines Tages kam Knut der Wanderer mit einer Karrenladung zum Kaufmann. Bjørger war ganz ausgelassen an diesem Tage, so ausgelassen wie selten. Er steigerte sich in eine Wildheit, die der des Bruders ähnelte. Er erhielt ein Päckchen von Knut, das an ihn adressiert war. – Da schlich Bjørger sich auf den Dachboden hinauf und wollte sehen, was das sein könnte. Die Aufschrift stimmte, das sah er, aber dennoch war etwas so grauenhaft Gewisses an dem ganzen Paket, daß ihm sehr seltsam zumute wurde. – So nahm er es aus dem Umschlag, der aus Papier war. Drinnen lag ein Bündel aus Leinen. Da begann er etwas zu verstehen und noch mehr zu ahnen. Mit blassem, verzerrtem Gesicht ballte er die Faust und schlug mit aller Macht auf das Paket.

»Jetzt bist du doch glatzköpfig«, sagte er nur, aber er dachte um so mehr.

Mehr vermochte er auch nicht zu tun, denn er sank auf dem Schemel zusammen, und dort saß er. – Vor der Tür zum Dachboden stand Erik, stellte sich auf die Zehenspitzen und spähte durch einen Spalt oder Riß in der Wand. Dort hatte er schon oft gestanden. – Jetzt ging er hinein. Er wollte nun das tun, was er sich lange vorgenommen hatte: mit dem Jungen reden. Knut hatte ihm ein Päckchen gegeben, das wußte er; Bjørger schlug auf den Tisch, das sah er. Jetzt war der geeignete Augenblick.

Bjørger wandte nicht einmal den Kopf; so war er: ganz steif und teilnahmslos, wenn etwas Ungewöhnliches geschehen war. Erik setzte sich auf die bemalte Holzkiste und blickte ihm in das Gesicht.

»Ich meine, dir fehlt es an Verstand«, sagte er. »Er wird vielleicht geringer.«

Seine Stimme war rauh und krächzend.

»Hast du vor, dich und uns in Angst und Schrekken zu versetzen?«

Nein, das hatte er nicht vor.

»Du mußt jetzt anfangen, dich ordentlich zu benehmen!«

»Ha! Ordentlich! Du forderst vom lieben Gott, was mir fehlt; bekomme ich es, werde ich wohl wie die anderen werden!« Er griff sich an den Kopf.

Eine Weile ohne Worte. Dann sagte Erik:

»In diesem Jahr sollst du mit dem Konfirmandenunterricht beginnen.«

»Gern.«

Er hatte zu allem eine Antwort bereit.

Erik ging, schaute aber wieder verstohlen durch den Spalt in der Wand. Da sah er, wie Bjørger das Leinenbündel aufwickelte und eine Menge kleine Zettel herausnahm. Er sah sie durch und legte sie zur Seite; alle waren beschrieben, alle mit Bleistift. Er hatte die geheimnisvollen Schreibereien des Bruders, abgefaßt wie eine Art Tagebuch – die er ihm selbst übergeben wollte beim letzten Zusammentreffen auf dem Weg. Sie waren alle von unterschiedlicher Größe, dicht beschrieben, das Datum fehlte, trugen flüchtige Hinweise darauf, wo jedes Stück geschrieben worden war; die meisten auf seinen Streifzügen durch die Berge, einige auf den Höfen, wo er dann und wann Arbeit gefunden hatte.

In der Blauen Scharte.

Gestern hatte ich anderthalb Kronen. Heute ein paar winzig kleine Kupferstücke, was ich nicht verstehe. Der Krämer und ich haben so getauscht, daß ich 10 Bogen Papier, 2 Bleistifte und 2 Viertelrollen Tabak bekommen habe. Er erhielt die Krone und noch eine dazu – die ich, wie jedermann weiß, von der Mutter für meinen Fleiß bekommen habe. Aber den Tabak sollte ich umsonst haben, sagte er.

Ich bin wie zum zweiten Mal geboren. – Und das Spektakel daheim! O nein! O nein! – Wenn der Kleine nur auf Sulheim bleibt. Jedes bißchen soll er haben, denn ich brauche es nicht. Du, Gott, gibst Gesundheit und das Essen, dann werde ich, glaube ich, für den Mut schon selbst sorgen. – – Das ist ein guter Bleistift. Ich habe noch einen. Ich habe mich nicht für sie bedankt, er hat ja meine anderthalb Kronen bekommen. Ich krieche nicht, nie und nimmer! Du, Blaue Scharte, wirst mich wohl heute Nacht verbergen müssen; denn mir geht doch nur der Atem aus, wenn ich jetzt hier fortgehe. Ich muß ja morgen schon wieder her. Das halbe Dorf weiß, daß ich dem Aksarbauern versprochen habe, seinen 14 Ziegen nachzuklettern. – Gute Nacht!

Auf der Tuva.

Hört von einem kleinen Zusammentreffen. Ich sah heute den Sulheimbauern kommen; ich führte die Pferde zur Tränke.

»Wie geht's?« fragte er.

Ich antwortete nicht; sie können gern glauben, daß ich närrisch bin, ich habe doch sowieso nichts Gutes zu erwarten.

»Komm herunter zu uns«, sagte er wieder.

Das kann noch lange dauern, dachte ich, sagte aber nichts. Er ging kopfschüttelnd davon. Sollen sie nur ruhig glauben, daß ich, Thor Persen mit Namen, nicht ganz richtig im Schädel bin. Pah! Was macht das? Überhaupt nichts! – – Der Herrgott hat Essen gemacht; ich mir den Mut. Und dann bin ich – König, hätte ich fast gesagt, in den Bergen. Ich habe jedenfalls etwas Großes angefangen. – Es ist seltsam! Ich traf Nelle Thronsdatter heute abend. Sie hatte irgendwie Angst vor mir. Da mußte ich hinauf in den Wald und höhnisch lachen. Als ich zurückkam, mochten sie mich noch weniger, ich bin dann schnell wieder in den Wald gelaufen. – – Tagsüber fahre ich Heu. Alle loben mich. Ich höre nicht und sehe nicht, das heißt: Ich kann, wenn ich will.

In der Engen Schlucht am Murruberg. Es sieht ganz so aus, daß der Herrgott auch schwerhörig ist, wenn er nicht hören will, genau wie ich. Ich habe um Essen gebettelt, und das sehr selten, denn ich will nicht jeden Tag nörgeln, – aber trotzdem geht es mager zu. Diejenigen, welche jeden Tag schreien, selbst wenn es nicht mehr als ein Knopf ist, der ihnen fehlt, wie der »fromme Mikkel«, – die bekommen am meisten. Ich glaube, ich strenge einen Prozeß gegen den Herrgott an. – Zwei Tage lang habe ich keinen Brotkrümel gekostet: und wenn schon! Aber hier ist auch das Wasser knapp, hier oben in der Höhe, und das ist schlimmer. – – Ich steige den Schafen des Tuvabauern nach. Ich brauche mich nicht zu beeilen; ich weiß, wo sie sind; ich kann geradewegs hingehen. – – Hier oben in der Höhe – es ist gewaltig hoch hier – geht es wundersam zu; nicht wie unten im Dorf. Es ist beschwerlich heraufzukommen, wenn die Sonne brennt; aber wenn ich dann oben bin, nehme ich mein Gesangbuch und singe leise. – Hier bleibe ich, bis ich meinen Kautabak aufgebraucht habe.

Am Weg, unten im Dorf.

»Die große, weiße Schar wir seh'n«, heißt es. Ja, ich habe sie vor mir; dreizehn weiße und ein graues Schaf. Ich habe sie auf der Bergkuppe eingefangen. Ich mußte einen Steilhang hinunterrutschen und über eine große Geröllhalde klettern. Dann mußte ich sie einzeln über eine Spalte heben; aber – dann abwärts. – Ich war drei Tage unterwegs. Habe von drei Scheiben Brot und Tabak gelebt. – Jetzt kommt ein Mann mit Pferd und Saum daher. Er will auf die Bergwiese. – – Als er vorüberzog, bekam er es mit der Angst. Früher gefiel mir dieses ängstliche Zusammenzucken; heute dagegen ist mir, als müsse es so sein. Sonderbar! Mir fehlt es doch wohl nicht am Verstand? – – Aber nein! Ich kann ja singen!

Auf Øver-Øi.

Der Bauer wollte mich als Hilfe haben, als er einen Steinwall errichtete. Ich habe Kost und Tabak frei, und dann hat er mir noch ein Paar lederne Hosen zum Winter versprochen. Feiner Ersatz für wunde Finger und Schmerzen im Rücken und in den Schultern! Ich tue so wie einer, der für sich selbst sorgen kann, mit Mut und Geduld. Ich mag die Ruhe; gar nicht wie früher! Mir scheint, ich tue etwas, was gelehrte Leute studieren nennen, will sagen, ich grüble über meinen armseligen Kleinkram nach. Und wenn ich dann mit diesem Plunder dasitze, und es kommt jemand unverhofft herein, so wird er hinausgeschoben: ich denke, alles muß so sein. – Ich kann nicht so bestimmt sagen, woran ich denke; mir scheint aber, daß ich meistens mit meinem Bruder beschäftigt bin, er heißt doch (Knut der Wanderer sagte es) Bjørger. Und dann Mutter; sie war immer so herzensgut! Ich werde einmal hinunterwandern zur Scheune daheim; von dort ist Vater auf die Reise gegangen.

Daheim in der Scheune.

Nun habe ich ein Liedchen vom Tod und der Freude über das schöne Leben danach gesungen. Ich wußte die Melodie nicht, aber es fällt mir unglaublich leicht, eine zu erfinden. Ich will bis morgen hier sitzen bleiben; jetzt ist es Nacht. Die Hunde sind so lästig; sie gönnen mir keine Ruhe, besonders, wenn ich singe. Es muß die selbstgemachte Melodie sein, die sie nicht mögen. Sie kennen sie ja nicht. – Nun will ich wieder singen. – –

Du heiliger Strohsack! Was mußte ich schallend lachen. Der Bauer kam heraus, und ich sang. Er rief die Hunde; sie wurden still. Er stand nachdenklich da; mußte aber wieder hinein: er getraute sich wohl nicht, mich zu besuchen. Ich mußte über den Trottel lachen. Er dachte wohl, es sei ein Wagnis, hineinzugehen und einen Bekannten zu begrüßen! Womöglich hätte er auf seine Kehle aufpassen müssen! – Jetzt muß ich aber hinaus! Hier will ich öfter her!

Auf dem Hügel.

Ach, wie bin ich gerannt! Diesen verdammten Hundebeinen war nicht leicht zu entkommen. Wenn ich mich umdrehte und stehen blieb, waren sie immer wie gebannt, aber damit kam ich ja nicht voran, und wenn ich lief, bissen sie mich in die Waden. Ich habe einen Lappen darumgewickelt.

Wie gemütlich könnte es dort unten in der Scheune sein, wenn nicht diese Misthunde sich wie Blutsauger an jede Ritze drängten und schnüffelten. Aber halt! Da zeigt sich ein Ausweg. Hätte ich nur etwas zur Hand!

Mir schien, als hörte ich dort unten den Herrgott Gericht über Vater halten. Mutter war sein Anwalt, und ein schneeweißer Engel schrieb. Wenn ich so etwas den Dörflern erzählte, wüßten sie nicht ein noch aus. Sie würden mich für hellseherisch halten. Aber ich will wegen dieser Sache zum Pfarrer. Daß ich nur die Worte nicht vergesse; besonders die vom Herrgott!

Auf halbem Wege zum Pfarrhof.

Jetzt muß ich nachdenken. Wenn mir der Pfarrer nun nicht glaubt? Dann multipliziere ich! Und wenn er zuviel glaubt? Dann dividiere ich ein wenig! Er wird es schon glauben! – Wer versteht das – ich finde, es ist alles zu lächerlich, um darüber zu sprechen! – Ach, ich bin wohl doch verrückt! – – Ja, ja! Ich bin ja zufrieden mit meinem Leben! Ich gehe trotzdem zum Pfarrer!

Auf dem Pfarrhof.

Nun werde ich aufbrechen. Ich bin mißmutig. Vielleicht ist es mein Fehler – ich mache mir so meine Gedanken. Die Frau war herzensgut; so blond wie ein Junitag. Er selbst ein Fettwanst – der Magen ein Mazurkasalon. – Ich habe die Sache mit dem Gericht fallengelassen – sie führt nur zu Streit und Unverständnis; ich stehe zu meiner Sache! – – Ich wurde um das eine oder andere gebeten; das tat ich. Aber heute bekam ich etwas aufgetragen, das ich nicht ausführen wollte, da wurde der Fettwanst böse, und hinaus sollte ich! Er wollte nichts von Rechtfertigung hören! Er war wie der Herrgott beim Verhör in der Scheune. – Ja, ja! Es ist doch alles gleich! Ich habe A gesagt – ich versuche es wohl auch mit B.

Auf dem Hügel.

Ich war wieder kurz in der Scheune. Von dort kommt mein erträumtes Leben; dorthin kehrt es wohl auch zurück. Einen gottserbärmlichen Krach von Hunden und Leuten hörte ich. Die Frau jammerte, als wenn sie in den Wehen läge, und der Bauer sprang vor lauter Zorn hoch – aber ich sang. Es wurden Steine gegen die Wand geworfen: der Fuchs sollte aus dem Bau heraus. Aber das hieß, eins zu sparen und dabei das Doppelte auszugeben; denn da lärmte er zusammen mit den Hunden, und ich machte mich davon, den Hang hinauf, und keiner sah, keiner hörte es. – – Jetzt schlägt's dreizehn! Da kommt ein Mädchen. – –

Ach, sie wollte nur wissen, ob ich es war, der drüben in Nørre gesungen hat, als Vater und Mutter beerdigt wurden. Ich habe nicht geantwortet; sie war ängstlich und unruhig. – – Ich habe einen Mordshunger, nicht einen Bissen Brot seit Tagen. Hart für den Körper! – – Ich will gern auch das allerhöchste Gericht in der Sache mit dem Herrgott anrufen, noch habe ich ja meine Kupferstücke. Er hat vor dem untersten Gericht verloren. Und seitdem habe ich zu essen gehabt – aber jetzt berechnet er. Er ist trotzdem der Beste; denn wenn ich ein Liedchen singe, ist es, als hätte ich einen Leckerbissen und dicke Bohnen gegessen. Er gibt auf verschiedene Weise zu essen!

Auf Øver-Øi.

Ich bin hier, um mir die feine lederne Hose abzuholen. Sie hat einen großen Riß auf dem linken Knie, der Bauer kniet sich immer auf den gefliesten Boden, wenn er die Pfeife anzündet. – Aber ich habe einen Lumpen um das Knie gewickelt. Das muß genügen! – – – – Jetzt schreibe ich nichts mehr bis zum Frühling. Im Winter werde ich steif, wenn ich den Bleistift anspitzen will. – – Ich werde von Hof zu Hof ziehen; es muß gehen, ich hoffe das Beste! – Dann leb wohl, Sommer, und mit dir der fröhliche Sonnenschein in der Traurigkeit! Für einen bitte ich: für Bjørger, meinen Bruder! – und noch etwas: für Erik und Inger und – mich selbst! Leb wohl!

Oben in der Blauen Scharte.

Zu Ende! Zu Ende! Winter, Frühling und – alle Lebenslust! Es geht rasch bergab mit mir! – Ich habe mich in den Winter hineingekämpft; ich kämpfte mich auch wieder heraus. – Ich habe mich in einem Spiegel gesehen. Da sah ich mancherlei: graue Haare, Falten auf der Stirn und Krieg in den Augen. – Du Winter! du Winter! Ich habe gehungert wie ein Hund, wahrhaftig, und genannt wurde ich: Dummkopf, Verrückter, Dummerjan, Blödsinniger (sie behaupteten sogar, ich hätte meine einzigen Sinne auf dem Rücken) und Greis (weil ich graue Haare habe). Ich war nachsichtig genug, im stillen für die Titel zu danken. – Ich glaube, ich will für immer hier oben leben. Wenn ich nur zu essen hätte! Ich mag keine Gesellschaft um mich herum; aber die Schafe und Ziegen! Sie verkennen mich nicht; nein, nicht die Spur! Dieser seltsame Hang zur Einsamkeit – ich kann mich deutlich entsinnen, daß ich den früher nicht hatte. Darin muß wohl meine Verrücktheit bestehen, ja, sie nimmt allmählich zu. – In diesem Winter habe ich kaum ein Wort gesprochen; nur gelegentlich ja und nein. Hier oben muß ich manchmal sprechen, um nicht die Strophen und Reime zu vergessen. Kommt mir dann jemand über den Weg, wird es für alle noch mehr zur Gewißheit, daß ich blödsinnig bin. Mitunter, besonders auf einer Wanderung durch die Berge, kann ich singen, und dann mache ich die Melodie und die Worte selbst. Es geht ziemlich leicht – sie handeln von versöhntem Haß, Leben in

Traum und Tod, der Welt der Einsamen, von hohen Siegern und machtlosen Verlierern. – – Die Tochter auf Øver-Øi war so nett zu mir. Sie hat mir mit dem einen oder anderen Wort Mut zugesprochen. – – Ach, jetzt möchte ich so gern zum Herrgott kommen. Ich und er, wir sehnen uns beide nach näherer Bekanntschaft.

Auf der Ebene weiter unten.

Ich werde viel seltener schreiben, vielleicht ein paarmal den Sommer über. Es nutzt nichts. Zweimal schreibe ich wohl, doch da übergehe ich das Wichtigste. Ich muß mich ja auch darin ganz anders verhalten. Nur über mich selbst einige Worte. Begegnungen, Singen, Besuche, Streifzüge, Reime, Erinnerungen und Andenken: all das will ich übergehen. Lieber Gott! Hilf mir, solchen Plunder zu übergehen!

Auf der Bergkuppe.

Lange her seit dem letzten Mal. Große Mühen und Strapazen seit damals, als mein Traumleben begann. Geknickt wie Röhricht, bin ich ziemlich hinfällig. Ich warte auf eines: Erlösung.

Bergkuppe, 3 Wochen später.

Wortgefechte? O nein! Aber mein Inneres. Das ist eine Art Werkstatt für Zusammenfügungen, um mit den Gedanken Bande zu binden und Schläge zu schlagen. Die letzten Wochen haben mein Inneres tyrannisiert und Zwietracht in mir gesät, mehr als früher, viel mehr. Ich stand heute auf der Spitze des Berges und tastete nach den Wolken; ich griff nur eine, aber sie verschwand. Das hat eine Bedeutung – ich habe es so ausgelegt: Ich bekomme etwas, wenn die Zeit reif ist. Die Wolke verschwand; ich behalte dies: Ich muß mich in allem genau entgegengesetzt verhalten, ich bin doch verrückt! – Soll es so sein!

Unten in der Scheune, Jahre später.

Ich bin zum letzten Mal hier. Da muß ich schreiben. Ich habe so seltsam geträumt. Ich muß es auslegen. Es bedeutet bestimmt etwas, was es auch sei. – Ich habe zum letzten Mal ein Lied vom Wiedersehen gesungen. Wenn es heller Tag wird, will ich meinen Bruder noch einmal sehen – ich will ihn sehen, sage ich. Er heißt doch – ja, wie war es gleich? Ach, ich bin wie eine Uhr ohne Räder. Es ist nur noch eine Planke vom Rumpf da: eine Hoffnung!

Vernichtender Schlag
machte mich zum Wrack:
Herr, laß kommen den Tag,
da Recht wird meiner Klag!

Auf Aksar.

Ich habe meinen Bruder gesehen. Da erinnerte ich mich an seinen Namen. Oh, was für eine Stirn und was für Haar er hatte! Einige Strähnen hingen in die Stirn, wie eine Straußenfeder – um etwas zu verbergen. Er erkannte mich nicht. Nein, nein! Ich werde ja von allen verkannt. – Aber bald, da – – –.

Jetzt schreibe ich zum letzten Mal, jetzt geht es aufs Ende zu. Ich habe alles verloren. Nur eines ist noch übrig: Ich liebe das Grün so sehr, wenn es ins Weiß eingesprengt ist, mit einem roten Rahmen darum. – – – Zur Abendstunde werde ich versuchen, ins Dorf hinunterzugelangen, wenn Gott will, und will er nicht, so wird er schon selbst walten; er braucht niemandes Erlaubnis. Aber – Punktum!!

IX

Bjørger sollte konfirmiert werden. Vom Pfarrer wurde er behandelt wie die anderen auch, ohne Unterschied, nur die Fragen waren ein wenig – umfassender. Der Pfarrer glaubte wohl, daß es nicht gut für sein Herz wäre, wenn er in die Luft gehoben würde, bevor er die Höhe vertrug.

Die Lektionen konnte er, und es gab niemanden, der daran zweifelte, daß er der erste würde, wenn er mit den anderen vor Gott und die Gemeinde trat.

Er wurde der erste, gerade an einem solchen Sonntag, an dem die Kirche mit Menschen überfüllt war. Die Ältesten vorn und die Jugend auf Zehenspitzen auf Bänken und Stühlen. Bjørger war doch der Stattlichste auf seiner Seite. Erik und Inger liebten den Jungen so sehr, daß sie ihm einen Anzug aus blauem Tuch gekauft hatten, wie er in Mode war. Und die Art, wie sein Haar fiel: eine ungewöhnlich große Locke hing schräg hinunter zum rechten Auge, über die Stirn, vermutlich, um etwas zu verbergen! Er schien sich in den Kleidern auch wohlzufühlen, sogar sehr. Diese raschen Wendungen, die er in seinen Gedanken und Überlegungen machen mußte, um die Antwort herauszufinden! Und was für Antworten! So ausführlich und überlegen, in der Form wie auch im Vortrag! Es gab einige, die meinten, daß seine Worte genau wie der Takt zu einem Fiedeltanz waren.

Es war zu Ende. Die Leute gingen hinaus. Man begann zu plaudern, las Grabinschriften; die Frauen weinten ein wenig, gratulierten den Konfirmanden, einige klopften sich den Staub ab. Bjørger tat nichts dergleichen. Er stand nur da, gleich bei der Tür, blickte zu Boden und grübelte tief nach, als habe er Gedanken – die Gedanken vieler Jahre – zu bewältigen. Er selbst ertappte sich mehrmals dabei, doch es nützte nichts; ein Gedanke kam immer wieder. Am Ende, als er ihn nicht länger bekämpfen konnte, gab er sich ihm hin und ließ sich nun viel Zeit mit jeder Kleinigkeit; denn Erik und Inger dachten noch längst nicht ans Gehen. Sie hatten so viel zu plaudern und zu schwatzen mit Bekannten und Leuten von außerhalb. Dieser Gedanke! Er war, schien es ihm, ein absichtlicher Fehlgriff. Letztlich Wahnsinn, das sah er. Er hatte Folgen, dieser Fehlgriff; aber keine zu bösen, nur außerordentlich sonderbare, die ihresgleichen suchten. Er dachte lange nach; beantwortete Hartes mit Hartem – genau dasselbe. Es wollte nicht gehen.

»Ja, so ist es«, sagte Erik, als er ihn nach einigem

Suchen fand, – »er steht da wie von Sinnen. Nur verrückte und verworrene Gedanken. Wenn er ein Ende erwischt, läßt er nicht eher los, als bis er das andere auch findet. Ein Gedanke – und er wendet ihn so lange hin und her, bis er das eine oder andere Stückchen freigibt, das er im Flug ergreift und zu allerlei Knoten zusammenfügt. Wie eben jetzt auch!«

Mag sein, daß Bjørger dies hörte. Es war, als werde er von außen angestoßen, und er sammelte sich. Er wandte sich zu Erik, und sie gingen – Inger weit voraus.

Aber dieser Gedanke! Er war wie ein Schatten im Sonnen- oder Mondschein. Niemand sprach, bis sie die Tür errreichten. Da war es, als wollte Bjørger etwas fragen, aber Erik war schneller und sagte ernst:

»Dich beschäftigt wohl, woran du denken sollst, Bjørger?«

Da fuhr Bjørger auf. Er war ganz sicher, daß Erik zu den Menschen gehörte, die einem die Gedanken von Stirn und Augen lesen konnten. Er fand es am ratsamsten, sich von solchen Menschen zu entfernen. Erik blieb zurück.

Bjørger ging hinauf und besah sich das Gesangbuch, das er am Morgen bekommen hatte, bevor er in die Kirche ging. Es war ein Geschenk von Erik und Inger. Er schrieb seinen Namen hinein: »Bjørger. – Möge ich die Schenkenden und das, was ich heute gesagt habe, nie vergessen!«

So saß er in der Einsamkeit des Dachbodens. Bisweilen murmelte er vor sich hin, als freute er sich, und die Worte waren so schön und schlicht wie immer in der letzten Zeit:

»Ja, sie! – Und dieser Blick in ihren Augen! Welche Macht, welche Welt, aus der der Glanz der Augen entsprang: Sonne im Herzen; Sonne auch dort, wohin der Blick gelenkt wurde. Und als die Augen gesenkt waren und sich hoben: Spiegelwand im Kerker! Und dann dieser Grünschnabel mit dem schwarzen Bartflaum! Der dachte wohl, er könnte sich in ihrem Glanz sonnen. Nein, sie lenkte die Aufmerksamkeit nicht auf jeden.«

Er war froh und gequält zugleich, doch die Freude siegte. Dann öffnete er seine Kiste; er wollte das Gesangbuch verwahren. Dabei fiel sein Auge auf das leinene Bündel mit den heimlichen Schreibereien des Bruders, er wurde bleich, zitterte leicht und schlug die Kiste zu. Dann setzte er sich auf den Deckel, die Hände über dem Kopf, und begann so bitterlich zu weinen, wie er es selten getan hatte. Er dachte an den Bruder und dessen Seltsamkeit und fühlte, daß er sich gegen ihn längst nicht so verhalten hatte, wie er es hätte tun müssen. Da war es ihm, als treffe ihn im Herzen ein tiefer Schmerz darüber, daß es zu spät war, das Unrecht wiedergutzumachen. Manchmal klärte sich seine Stirn auf wie durch Sonnenstrahlen, aber diese gingen, wie sie gekommen waren: die Wolken trieben sie vor sich her – vielleicht zu einer anderen Wolke hin. Wieder stand er allein da mit all den widerstreitenden Kräften. Er weinte sich aus, hielt es aber für schmählich und falsch aufzuhören. – Dann wollte er es wiederum: es war ja eine Übung, und oft mußte er es tun. Indem er weinte, wollte er im Tod sühnen, was er im Leben versäumt hatte. Er weinte – sich in Schlaf; erwachte; weinte aufs neue – und da kam es aus innerster Not, alles durchdringend und inbrünstig! »Es ist eine große Arbeit, aber keine Kunst zu weinen«, dachte er. Er saß lange; ging hinunter.

Unten in der Küche war es irgendwie anders als sonst. Als er nachfragte, erfuhr er, daß am Abend ein kleines Fest mit den Nachbarn stattfinden sollte, weil sein Konfirmationssonntag war.

Einige waren gerade gekommen; sie saßen mit dem Taschentuch in der Hand und trockneten sich die Stirn. Man gratulierte und schüttelte ihm die Hand. Aber in der Stube auf der Gästebank, genau unter der großen Uhr – konnte er es glauben? Doch, er mußte es wohl glauben. – – Es trieb ihn geradewegs zur Tür, hinauf auf den Dachboden; die Kiste auf, als müsse es so sein. Nachdem er das getan hatte, gewann er seinen Gleichmut zurück, und nun verstand er, daß er eine Menge Gedanken mit sich herumgetragen hatte. »Aber –!« dachte er, und dann schrieb er mit Bleistift auf einen Zettel:

»Die mit dem Blick in den Augen und all der Schönheit – aber die letzte!«, dann Datum und Unterschrift. Danach stand er eine Weile da und starrte einigen blau-grau-roten Wolken nach, die vom Schein der Sonne gefärbt wurden. So gewann er seine Fassung zurück und ging hinunter.

Die unter der Uhr stand auf und reichte ihm die Hand zum Glückwunsch und des Anstandes wegen. Er murmelte: »Danke, gleichfalls!«

Es kamen mehr; alles wiederholte sich. Bjørger wurde es peinlich. Er kannte niemanden, aber alle kannten ihn. Er ging einfach hinaus. Da sah ihm das Mädchen unter der Uhr nach und flüsterte dem Vater, der neben ihr saß, zu:

»Ein stattlicher Junge!«

Er nickte und sah sie an. Er verstand, was sie hatte sagen wollen, nämlich daß er ein *schöner* Junge war.

Die Zeit verstrich. Man ging zu Tisch. Bjørger wollte nicht hinein. Er mußte, Erik bat ihn. Ihm genau gegenüber saß die mit den Augen. Er blickte auf den Teller hinunter. So einen Abend hatte er noch nie erlebt, dachte er, und mehr als einen solchen Abend konnte es auch nicht geben. Er schmolz geradezu, und der Abend verging wie Öl am Docht.

X

Diesen Abend vergaß er wohl nie. Noch spät im Herbst stand er ihm so frisch vor Augen, daß er auf ein Stück Papier schrieb:

Jener Abend

stand wie zwischen Bös und Gut,
schützend nur mit stiller, sichrer Freude,
folgte wie die goldne Segenswolke,
netzend wohl aus überirdisch klarem Schauer
just den Ort, an dem Verlangen wohnt:
Der Abend blieb mir, voller Glut!
Lang danach das Herz noch konnte singen,
muntre Verse ließ im Geiste es erklingen,
Strophen schmettern wie in wildem Lauf:
auf, hinauf zu lusterfüllten Zinnen –
Sonnenglanz erstrahlte draußen – drinnen!

Von dem Tage an, als er das Mädchen unter der Uhr gesehen hatte, fühlte er sich mehr und mehr erwachsen und hatte den Wunsch, wie ein Mann zu leben. Deshalb ging er mit großer Freude auf ein Angebot des Kaufmanns ein, als Handlungsgehilfe in seinen Dienst zu treten. Zwar stieß dies auf leichten Widerstand bei Erik, der damit »die Freude des Hauses« verlor, aber der Ausgleich war ansehnlich: 50 Taler Lohn und freie Kost und Logis.

Er sollte im Frühling anfangen. In der Zwischenzeit wollte er jede Minute nutzen, um zu schreiben, er liebte es, seine kleine Welt im Tal aufzurütteln; ihr zu zeigen, daß er doch lebendig war, daß er ein höheres Leben lebte, als sie verstanden. So schrieb er ein erzählendes Gedicht im Dialekt der Gegend.

Für Müh' und Plage

Die Mutter war traurig, mein Vater war bös',
das Mädchen saß da und flickte das Zeug,
der Köter nagte an einem Knochen,
die Katze lag da und rollte sich ein.
Da mußte ich sprechen, ich konnte nicht schweigen.
Der Mund war erstarrt, doch die Zunge beredt.

Sah ich zur Wiege: das Kleine war krank,
sah ich den Hund: er lag nur und knurrte,
sah ich aufs Bord: die Butter war ranzig,
sah ich zum Himmel: die Sonne schien warm.
»Ich will hinaus, ich werde sonst toll!«
Schwer fiel mir's, denn mein Mund war benommen.

Als ich nun anhub und wollte sprechen,

schlimm war's zuvor, doch da wurd' es schlimmer:
Vater hörte nie auf zu poltern,
Mutter stand nur am Fenster und bat!
Vater spuckte aus und fluchte:
»Teufel auch, ich werd' dich anderes lehren!«
»Lehren wirst du, verdammt, mich nicht brauchen!
Jetzt sage ich dir ganz deutlich Bescheid:
bist du nicht fähig, dich mehr zu beherrschen,
wirst du mit mir dich zu plagen nicht brauchen.
Ich habe gesprochen, nun magst du wählen.
Nichts nehm' ich fort von dem, das kannst du glauben.«
Da aber gab es ein kleines Wunder:
Vaters Stimme erbebte wie nie;
die Stube erzitterte von dem Gedröhn'.
»Mußt du denn immer der Trotzigste sein!
Ich aber siege in jedem Kampf!
Antworte mir: willst du folgsam sein?«
Als er geendet, stand ich am Fenster,
sah auf den Berghang und tröstete Mutter:
»Laß ihn nur lärmen und toben und rasen.
Willst du, so komm, dann fesseln wir ihn.
Trockne die Wangen und mach dich bereit.
Zittre nicht, nimm dieses Ende, hab Mut!«
Doch glaubst du, sie schafft es, ihn einzufangen?
Nein, sondern sie fiel um wie ein Schwein
mitten in den Backtrog hinein.
Ach, was mußte nicht alles geschehen!
Dann lag sie da und jammerte schrecklich:
»Fang ihn nicht! Das ist so ehrlos und dumm!«

»Fang ihn nicht – ein, ich mach's nicht noch schlimmer.
Nun will ich fort, lebt ihr nur recht wohl!
Bevor ich hier bleibe, wo ihr immer schuftet,
nein, vorher will ich schon lieber verhungern!
Nun mögt ihr euch kratzen, treten und beißen,
schimpfen, streiten, an den Haaren reißen.«

Ich hatte gesprochen und stand schon bereit.
Geld hatt' ich keins, doch ich sehnte mich fort.
»Nun sollst dein Glück in der Welt du versuchen.
Komm nicht in Streit mit Amtmann und Vogt.
Mach dich nun auf, aber meide die Mädchen«,
dieses gemahnte mich die gute Birke.

So brach ich dann auf, den Berghang hinauf,
denn ich wollte zu meiner Maria. –
Ich ruhte mich eine Weile aus.
Der Tag ging zu Ende, die Uhr war schon neun.
Da schien es mir, ich hört' eine Stimme,
so wahr, wie ich auf einem Grasbüschel saß.

»Ist da wer?« fragte ich Hügel und Wald
und wiederholte den Ruf viermal.
Doch niemand gab Antwort außer dem Hügel.
Undeutlich war es, ich sank fast zusammen.
Ich zuckte und starrte und glotzte zum Berg.
»Ist das der ›Alte‹, der umgeht und spukt?«

Plötzlich erblickte ich ein Gesicht,
wunderschön und mit dunklem Haar.
Ein Mädchen war es, die Tochter von Sandveth,
dem besten Kaufmann im Nachbardorf.
»Liebe, was tust du denn hier auf dem Berg?
Antworte schnell, ich hab' nicht viel Zeit.«

Ich glaubte wahrhaftig, das Mädchen sei toll.
Sie lag wie eine Katze und starrte mich an.
»Liebe, gib Antwort, so sei doch nicht töricht.
Ich will dich gerade ein wenig betrachten.«
Sie hob ihre Hand und wies auf den Nacken.
Dann stand sie auf, doch fiel wieder hin.
Ich glaubte, nun sei ihr Kopf zersprungen,
denn im Fallen traf sie einen Stein.
Ich wußte schon gar nicht mehr aus oder ein:
Wie sollte ich sie nach Hause bringen?
Ich lud sie mir einfach auf die Schulter,
dann ging's den steilen Abhang hinauf.
Doch sah ich genau, was ich auch erwartet:
das Leben war fort! – So begann ich dann,
mich abzumühen und holte auch
das Leben zurück – aus dem Jenseits vielleicht.
Da schien es mir, ich hört' einen Schrei.
Warum es ihr besser ging, weiß ich wohl selbst.
Als ich den halben Weg hinter mir hatte,
legte ich das Mädchen ins Gras.
»Stärk dich mit einem Stück Brot«, so bat ich.
Doch war sie wahrhaftig tot wie ein Bündel.
Da konnte ich nur noch singen und beten:
»Gott, hilf, daß sie Mund und Glieder bewegt!«
Als ich noch dachte, das Mädchen sei tot,
ja, da kehrte ihr Leben zurück.
Darauf begann sie sich so zu erbrechen,
wie ein Betrunkener sich damit plagt.
»Ach Rønnaug, bitte, so nimm doch das Brot!
Das ist mehr als ich ansehen kann.«
Ich mochte drängen, solange ich wollte,

das Mädchen war doch wirklich gestürzt.
Wie rot sie doch dalag, und schnappte nach Luft,
als zeigte sie mir, daß sie gar nicht tot war.
Sie glotzte, lächelte, schnaubte und würgte,
ja, Schlimmeres habe ich niemals erlebt!
»Zum Teufel, was willst du, du scheußliches Schwein?
Was willst du denn nur, das frage ich dich?
Sprich jetzt, ich rat' dir, dann werd' ich dich auch
abtrocknen überall, wo du nur willst.«
Ach ja, ich trocknete, redete, fluchte,
doch mußte ich helfen, ich konnte nicht anders.
Nein, ich mußte aufhören, ertrug nicht den Schleim
und den Gedanken, daß sie dalag und starb.
Recht fest griff ich also in ihre Kleider,
und nun war die Uhr schon dreiviertel zwei.
Ich sah's an der Sonne, die hoch oben schaute,
und an der Turmuhr, die dahing und schlug.
Ach, wie plagte das Fleisch meinen Rücken,
doch kam ich dann endlich zum Vater meiner Last.
Wie ich dort hinkam, tut nichts zur Sache,
eins weiß ich sicher: der Körper braucht Wärme.
Verrückt war das Mädchen, ihr Vater noch schlimmer:
»Vergelt's Gott, mein Lieber, das ertrage ich nicht!«
Eilends wurde der Doktor geholt.
O ja, er kam, und er fragte so viel.
Ich aber wartete nur in der Stube,
hatte noch keine Lust fortzugehen.

Wollt' ich doch hören, ob Rønnaug noch lebte,
dann war's wohl besser, ich packte mich fort.
Als sie wieder bei sich war, wurde mir wohler.
Sie starrte uns an, bei mir lächelte sie.
Vorbei war's mit Drücken und Brechen und Schmerzen.
Allen erschien sie als muntere Fee. – –
So nahm ich denn Ränzel und Hut in die Hand.
»Warte doch! Bleib bei mir hier in der Kammer!«
»Ich danke dir schön, doch ich hab' keine Zeit,
sonst wäre ich wirklich gern hiergeblieben.
Ich wollte versuchen, nach Lia zu kommen.«
»Nein, heute nacht, da bleibst du bei uns!«
Und Rønnaug hob ihre Hand auf und machte
ein Zeichen für mich, doch ich ging, und sie fragte:
»Willst du schon reisen? Nein, daraus wird nichts.
Ein Weilchen mußt du in Ribe schon bleiben.
Umsonst mir geholfen sollst du nicht haben –
hast du's bedacht? Ja, da gibt es Hoffnung!«
Ach ja, es half, daß Rønnaug mich bat,
ein wenig der Zettel auch, den sie mir gab.
Am Morgen darauf ging ich in die Kammer,
küßte Rønnaug und dankte ihr schön.
Da gab es einige Unruhe und Lärm.
»Willst du jetzt fort, so vergißt du mich!
Nein, du mußt bleiben, gepriesener Henning!«
Die Arme warf sie um den Hals mir ganz fest.
Ja, ich mußte bleiben, ich konnte nicht fort:
Ihr Haar war entzückend, die Lippen so weich,
die Nase geschwungen und war auch gesund,

die Augen so dunkel, mit Tränen gefüllt,
die Hände so weich wie geschlagener Rahm,
der Busen gespannt wie das Fell einer Trommel.

Schluß

Rønnaug ist mein, und Maria verschwand.
Das ist der Lohn für all meine Mühen.
Nun bin ich froh und selten verdrossen.
Rønnaug lebt glücklich bei gutem Verstand.
Die Kinder, die müssen gehorchen und hören,
sonst schneidet sie ihnen die Ohren ab!

Er ließ die Gedanken durch das Nordland schweifen. Er träumte von ihm. Ein wirklich schönes Leben führte er da im Traum, ein goldenes Dasein. – Vielleicht hatte er recht, wenn er – nachdem er aus dem Traum in die Wirklichkeit zurückgekehrt war – zum Bleistift griff und schrieb:

Du mächtiger Fjell!
Majestätische Welt
bist du, schwindelnd umwölkte Zinnen
in nördlicher Pracht,
von schneebesprengter Tracht,
umweht von der Freiheit Winden!

Pst! Der Schwäne Gesang
zu Ebbe und Tang!
Die Blumen so leuchtend erblühen!
Und der Wald ganz in grün
ist so festlich und schön!
All das lacht fort des Nordländers Mühen!

Es wurde Frühling, Bjørger brach zu Kaufmann Moe auf. Erik und Inger begleiteten ihn ein Stück Wegs. Beim Gatter blieben sie zurück und winkten. Er winkte auch und ging. – Er hatte ihnen versprochen, öfters zu kommen: das war ihr Trost, der einzige.

Sie beratschlagten, ob sie sich aufs Altenteil zurückziehen sollten, die alten Leute, entschlossen sich aber wieder anders. Ein junger Agronom mit Namen Nilsen kam nach Sulheim. Einen hübscheren Burschen als ihn glaubte niemand je gesehen zu haben; nicht einmal Bjørger konnte sich mit ihm messen. Er sollte ein sehr kundiger Landwirt sein, und deshalb stellte Erik ihn an; deshalb wurde er auch mit zweihundert Talern im Jahr entlohnt. – Eines der ersten Dinge, die er plante, war ein Wasserhahn in der Küche und an derselben Leitung einer unten im Stall. Er rechnete und kam auf eine Ausgabe von achtzig Talern. Erik schüttelte den Kopf. Aber diesem hübschen Agronomen fiel es so überaus leicht, all die Vorteile von eisfreiem Wasser aufzuzählen – ohne Fahren und Tragen, direkt in die Küche; und so eine bequeme Art, das Vieh zu tränken! – Erik gab nach; der Geldbeutel auch. Erik sah viele große Verbesserungen vollendet, wog prüfend den Geldbeutel – es war immer noch ein wenig darin. Aber er schüttelte den Kopf; bewunderte den Agronomen und lächelte. Und diese Maschinen, die Nilsen herbeischaffte, nur um zu überzeugen. Sie wurden ihm von einer großen Landwirtschaftsschule geschickt, deren Vorsteher ein Bekannter von ihm war. Sie kamen zur Probe; aber Erik behielt sie, denn er sah den Unterschied, die Gleichmäßigkeit der ausgeführten Arbeit und die eingesparte Arbeitskraft, wenn sie eingesetzt wurden. Es zehrte am Geldbeutel, aber es war von Nutzen. Es war wohl wert, sich an der Wirtschaft auf Sulheim ein Beispiel zu nehmen! Aber man mußte in den sieben fetten Jahren gespart haben, damit für die sieben mageren etwas abfallen konnte. Ein teurer Spaß für Erik, »Maschinist« zu spielen, meinten die Leute.

XI

Bjørger erschien in seinem Konfirmationsanzug im Kontor des Kaufmanns. Moe und seine Frau musterten ihn. Sie dachten bei sich, daß er verträumt und schwermütig aussehe. Ihm wurde vom Kontor aus eine Dachkammer gezeigt, die er bewohnen und sein eigen nennen konnte. Über Lohn wurde nicht gesprochen. So ging er ins Haupthaus hinauf. Er traf ein Mädchen, das ihm sein Zimmer anwies.

Es war recht hübsch darin. An der Wand hing ein Bücherbord; darauf mehrere Blätter eines Kochbuches von Hanna Winsnæs, Münchhausens Abenteuer, drei vollgeschriebene »Zeugnishefte« und ein Jahrgang des »Kinderblattes«. Zwei schmale Fenster: eins ging auf die Bucht hinaus, die Anlegestelle mit dem langen, abgewinkelten Kai in der Mitte, hinten die wohlvertäute Frachtfähre. Vom anderen Fenster aus waren der Wald und der Wasserfall zu sehen; weit in der Ferne eine einsame

Bergwiese und unter dem Hügelrücken der breite Königsweg. – Wer außer ihm hatte wohl so einen Platz! Diese Aussicht! Nahm er es wörtlich, hätte es »Weitsicht« heißen können! Er setzte sich. Ein Gedanke verdrängte den anderen; alle trafen sich in einem Punkt: Hier war der Ort! – Er wandte die Augen mit Mühe von der Bucht ab. – An einer anderen Wand hingen hinter Glas und Rahmen der König und die Königin; etwas darunter eines der Dutzendbilder vom deutsch-französischen Krieg Anno '70. Ein rostiger, gesprungener Ofen, ein bezogenes Bett, ein Blumentopf im Fenster zum Wald hinaus, ein kleiner rot gestrichener Tisch mit Schublade und Schlüssel im Schloß samt einem leinenbezogenen Polsterstuhl bildeten die übrige Einrichtung der Dachkammer.

Er hatte fast fertig eingeräumt, als die Hausjungfer hereingerauscht kam, Schürze und Rock in der Hand. Sie wolle das holen, was ihr gehöre. Also nahm sie den Topf, beide Zeichnungen, das Bücherbord mit allem, was darauf war, und bemerkte nebenbei, daß das Bett und der Tisch auch ihr gehörten. Sie blieben jedoch da.

»Guten Tag!« grüßte Bjørger, als sie alles unter dem Arm hielt.

Sie ging, in ihrer ganzen Verschrobenheit vielleicht voller Feindschaft, und würdigte ihn keiner Antwort.

»Nehmen Sie den Ofen auch mit, gute Frau – Madame – äh, Jungfer«, rief er ihr ziemlich laut nach.

Sie ging. Das war nicht gut gesagt, dachte er. O ja, eins kommt zum anderen!

Die Aussicht konnte sie ihm doch nicht wegnehmen, dachte er; so etwas wie ein Bord und zwei Bilder würde er sich später schon noch besorgen.

Es war ein warmer Tag. Er legte sich auf das Bett und schlief ein. Zum Mittagessen sollte er hinunterkommen. Dort sah er das Mädchen wieder, das daheim unter der großen Uhr gesessen hatte, die mit den Augen und dem vornehmen Äußeren. Er fühlte, wie er erstarrte, als sie vor der Mahlzeit auf ihn zukam, ihm die Hand reichte und ihn begrüßte. Er verlor sogleich die Fassung. Es war kein Vergnügen, wenn das Herz so laut schlug, daß man es hörte. Gedankenverloren zerkrümelte er bei Tisch ein Stück Brot, doch so manierlich, daß man es nicht als Mangel an Takt bezeichnen konnte.

Er mußte hinunter in den Laden; dort sollte er im Wiegen und Abmessen, Pumpen, Ordnen, Wechseln und im Führen des Anschreibebuches angelernt werden. Er verstand alles, was ihm gesagt wurde, und nickte nur am Schluß.

Als er einen Monat dort war, sprach Moe vom Lohn. Er sollte fünfzig Taler bekommen und all die Zeit frei haben, in der er nicht im Laden gebraucht wurde. Bjørger war zufrieden. Aber er spürte etwas, nämlich daß mit jedem Tag, der verging, mit jedem Mal, wo er *sie* sah, eine Veränderung in seinem Herzen geschah. Er wagte nicht, sie zu treffen. Sie schien recht oft etwas im Laden zu tun zu haben. Doch nichts geschah. Sie stand nur hinter ihm und schaute. Er ging hinaus – nach nebenan ins Kontor mit einem Papier, kam zurück: sie stand immer noch da. Ein Kunde kam herein, da wurde sie mutig und unterhielt sich mit ihm. Das ging eine Weile so. Selten ein Wort, bis sie sich auf der Schwelle umwandte, ihn lächelnd ansah und »Adieu« sagte. Dann ging sie. – Erst jetzt konnte er wieder richtig atmen. Er lief ins Kontor hinüber, Moe war fort. Bjørger blieb dort stehen und sah zu, wie sie ging. Sie schien etwas vergessen zu haben: wandte sich um und dachte nach. Bjørger fuhr zurück. Dann ging sie doch weiter. – Da verspürte auch Bjørger Lust zu gehen. So stieg er in seine Kammer hinauf, den Ladenschlüssel in der Tasche. Er setzte sich und schrieb – wie so oft.

Eines Tages kam er wie gewöhnlich herauf. Da stand ein Blumentopf im Fenster, eine blasse Rose. Er verstand ihre Bedeutung und verfiel in Nachdenken über diese Rose. Da lachte sie dicht hinter ihm und sagte:

»Bjørger!«, so ernsthaft, wie das Lachen es erlaubte.

»Ja!« antwortete er, so als fragte er: Was willst du hier? Er gab seiner Stimme einen strengen Klang. Da schob sie langsam ihre Hand in die seine. Er mußte zufassen. Sie lachte und sagte:

»Ach, du!«

»Schenkst du mir diese Blume?»

»Ja. Verrate es nicht, Bjørger«, antwortete sie, doch jetzt war sie ernst.

Da mußte er sie umarmen, komme, was da wolle, aber jetzt –! Sie wehrte sich nicht, und wie auch ihr Herz klopfte! Zwei klopfende Herzen lagen aneinander. Aber dann machte sie sich los; sie reichte ihm die Hand und sagte:

»Und nun?«

»Bin ich dein«, antwortete er.

»Oh!« sagte sie langsam und ging; sie sah sich einmal um. Er schloß die Tür hinter ihr; jetzt mußte er allein sein.

War es also wahr, was er dachte? Ja! Aber dieses Gefühl! Dieses Bewußtsein! In einer Art Überschwenglichkeit ging er so heftig auf und ab, daß er mehrmals versehentlich mit dem Kopf an die Dachschräge stieß. Es wurde ihm drinnen zu eng, er mußte hinaus!

Also in den Laden hinunter. Er fühlte sich so geborgen und doch so leicht dort unten. Es war, als wenn er dort jemanden erwartete und dennoch eine größere Freude fürchtete. Es war gut, daß sie nicht kam!

Er sah sie drei Tage nicht. Aber dann kam der Sonntag. Natürlich wollten sie alle in die Kirche bei solch herrlichem Sonnenschein: Bjørger ging als letzter; vorn gingen Moe, seine Frau, die Hausjungfer und Laura, die Tochter. Bjørger grübelte, wie gewöhnlich. Die Gedanken waren zollfrei, meinte er wohl. – Doch dann zog er das Gesangbuch aus der Tasche und schlug das Evangelium auf. Das fand er so schön. Er setzte sich. Laura schaute sich um und winkte; der Vater bemerkte es nicht. Bjørger sah es, winkte zurück und saß ganz steif da. Ihm war so elend zumute, genau wie an dem Tag, bevor er das Tagebuch des Bruders erhielt. Wenn ich nun, dachte er, wieder ein Tagebuch bekomme? Ja, dann gebe Gott mir Kraft in schweren Augenblicken; ich selbst habe keine mehr übrig! – – Ich ahne Großes! –

Er war in der Kirche. Ein junger, sehr hübscher Mann ohne Bart – wie er selbst – saß gegenüber auf der Sulheimbank, zusammen mit Erik. Er sah zu Bjørger herüber und nickte, Erik nickte auch; Bjørger erwiderte den Gruß. Gerade vor ihm saß Laura Moe. Sie blickte hinüber zu dem Schönen bei Erik; aber nicht einmal zu Bjørger. Das war genug! Der Schöne sah sie auch an; sie schlug die Augen nieder und errötete. Das war zuviel! Bjørger mußte aus der Kirche, lange bevor sie zu Ende war. Die Leute schauten ihm nach und dachten sich im stillen ihr Teil. Sie hatten bemerkt, daß er mit einem Blick, der bei ihm selten war, zu einem bestimmten Platz hingesehen hatte.

Er lief davon, den Weg hinauf, Schwermut in all seinen Bewegungen. Erik fand ihn nicht, als er hinausging und ihn suchte.

Er saß lange. Der Gedanke zerbrach die Hoffnung. Seine Gedanken begannen ihn zu verlassen, früher hatte er sie im Überfluß gehabt. Überfluß kann oft Ursache für Mangel sein, wenn bei Ausbrüchen der ganze Vorrat ausgeschüttet wird. Seine ganze Sinneswahrnehmung – diese große Kraft im Streben des Menschen, deren hohes Ziel darin liegt, daß man sich begierig den Genuß vertrauter Dinge verschafft, die außerhalb des Selbst liegen –, sie war tot. – Er schlief ein und seufzte schwer, ohne zu träumen.

Er lag da wie in einer unbekannten Schwäche, aus der er erst herausfand, als er Stimmen hörte. Er kroch vom Weg in den Birkenwald hinauf und legte sich auf die Lauer, warum, wußte er selbst nicht recht. Es war wohl aus alter Gewohnheit. Eine Gruppe Menschen ging vorbei. Sie war nicht darunter. Gleich darauf kam Moe allein mit seiner Frau und der Hausjungfer; auch hier war sie nicht. – Eine Weile darauf aber kam sie, allein und lächelnd. Bjørger atmete kaum, aber das geschah wie aus Gewohnheit. Sie ging, schaute sich jedoch zufällig um, und da sah sie Bjørger oben im Wald. Sie ging langsamer, wandte sich ständig um. Er stand da.

»Komm, Bjørger!«

Er ging, wie auf Befehl des Prinzipals.

»Gibst du mir deine Hand? Ich sah dich hinausgehen, und da wurde mir angst. Aber ich wußte ja, daß du ein Mann bist.«

»Ich war es!«

»Und bist es!«

»Nein! – Früher einmal, da hast du mich mit deinen unschuldigen, kindlichen Augen angesehen; ich erwiderte den Blick. In diesen Blicken lag eine lange Erzählung, ein Austausch von Gedanken – tödlich in der Erinnerung. Es spiegelte das Tiefste in deiner Seele wider. Ein innerer Drang wollte es, als ich dich zum ersten Mal sah, daß *wir* eins werden sollten. Dieser Gedanke, diese Hoffnung löste einen seligen Rausch aus, betäubend und doch so unendlich süß, daß ich mir nur schwer vorstellen kann, daß er vorüber sein soll. Ich sah dich vor mir, zusammen mit mir in der herrlichen Natur; in der Kühle des Abends unter schattigen Bäumen, die der stummen Rede des Windes und des Baches lauschen. Ich sah dich vor mir, zusammen mit mir auf dem stillen See, während der Mond sein bleiches Licht über die grünen Hügel wirft, so grün und jung wie unsere hoffnungsvollen Herzen; und dann würde die Liebe jedes andere hemmende Band durchtrennen bis auf das, welches zwei Herzen zusammenbindet. Ich sah dich vor mir, wie du krank warst, und selbst da zeugte dein Blick von der Zärtlichkeit, Aufopferung und Liebe, wie sie sich nur in eines Weibes Brust verbergen können! Ich besitze nun nur noch die Erinnerung an jene Gedanken und einen Lorbeerkranz vom Schlachtfeld der Herzen.«

Er endete und war beinahe außer Atem. Solche Dinge hatte er in Büchern gelesen, sie schienen ihm zu seiner Stimmung zu passen.

Sie war fast scheu; sie fand, daß er über so große Worte gebot, solche, die – ja, die so hoch flogen, daß es ihr den Atem nahm – schon vom Zuhören, ohne zu verstehen.

»Ich finde, du bist so seltsam«, entfuhr es ihr.

»Wer von Kindheit an, seit der Stengel zu Kraft kam, seit die Knospe zur Rose wurde, allein gelebt hat, abgeschnitten von jeder anderen Abwechslung als den eigenen Gedanken, deren Flug vom Allerkleinsten und Niedrigsten bis hin zum Erhabensten und Großartigsten reicht, – muß natürlich die alltäglichen Dinge abstoßend finden. – Aber hätte ich jemanden, und sei es nur einen einzigen, mit dem ich Gedanken austauschen könnte, einen, dem ich Erleuchtung bringen könnte, deren Offenbarung nur mir aus himmlischer Quelle zuteil geworden ist, dazu bestimmt, Strahlen auszusenden – sonnenwarme, leuchtende Trabanten, leuchtend dem Einsamen in schweren Augenblicken, – könnte ich nur einen einzigen Geistesverwandten finden, so würde ich – ja, ich würde mein Leben hoch in die Luft werfen und es im Fallen auffangen! Ohne zu zögern, würde ich auf die Kanzel einer überfüllten Kirche steigen und Worte finden wie der Pfarrer selbst, wenn ich nur wüßte, daß er, der eine, der Geistesverwandte zuhörte. Ich würde mich nicht fürchten!«

»Geistesverwandter! Und ich dachte, alle haben einen Geist!«

War es möglich? Konnte er glauben, daß Laura so wenig Verstand besaß, daß sie so viel Anmut mit so wenig Gedanken und Witz verband? Er hörte wohl nicht recht!

»Was?«

»Ich habe es einfach nicht verstanden. Haben wir denn nicht allesamt Geist?«

»Aber nicht in gleichem Maße!«

Da wollte er seine Hand zurückhaben. Sie war schweißnaß.

»Bjørger!«

Er blickte auf, dunkel und nachdenklich.

»Bekomme ich das Wort zurück, das ich dir vor drei Tagen gegeben habe?«

»Bitte!«

»Dann gehe ich recht froh. Du bist wirklich seltsam, Bjørger! Sieh doch, jetzt nimmst du gar nicht wahr, daß ich hier neben dir stehe.«

»Bitte!« wiederholte er.

Sie ging. Er blieb zurück.

Dieses Wort! Es nahm ihm alles Recht, alle sanfte Hoffnung! Jetzt war er allein auf der großen, weiten Welt; denn ohne diese Hoffnung konnte er nicht leben, wenn er nicht fand, was er lange gesucht hatte: einen, der wie er fühlte.

Nun waren Schutz und Geborgenheit seinem Lebensweg fern, lagen hinter ihm, kaum noch sichtbar – und wichen – wichen zurück. Bald würden sie wohl ganz verschwunden sein. Eines, nur eines war ihm geblieben neben der Erinnerung an den Frühling des Herzens – ein Ausweg! Den umklammerte er auch mit unüberwindlicher Kraft, alles andere stand still. Die Gedanken sammelten sich um dieses Eine und bildeten Stränge nach stummem Ratschluß, den die Seele guthieß, und nach diesen Strängen war sein Weg bemessen und eingeschränkt. Er teilte gleichsam einen jeden und wandte sie an – wie er auch jeden einzeln gebrauchte! Er sah in die Zukunft – immer noch in unveränderter Stellung auf demselben Fleck stehend – fast mit einer Hellsichtigkeit, von der aus Stränge über – ja, quer über seine Bahn führten. Das waren die Hindernisse und Unannehmlichkeiten, angepaßt seiner eigenen Standhaftigkeit und seiner Mannhaftigkeit auf der Bahn des Lebens. Er seufzte, und jeder Seufzer war wie ein Schrei nach jemandem, der die Bürde von ihm nehmen konnte. Wie er so dastand, genau dort, wo ein farbiger Abglanz der Geborgenheit schwebte, übergoß er die guten Erinnerungen, die einst fest in seinem Herzen verankert waren, als noch Freude darin wohnte, mit ungekanntem Trotz. Selbst die so guten Erinnerungen an seine Mutter mußten mit Trübsal und Sorge vermischt werden. Er fühlte, als er in dieser unguten, wachen, fruchtlosen Tätigkeit dastand, daß eine der klangvollsten, weichsten Saiten in seinem ganzen Wesen gerissen war – ein letztes Lebewohl. Schließlich stieg ein Seufzer in ihm auf, hob sich zitternd wie aus einem angefüllten Tränengrund und endete so laut und klar, als sende er eine Frage über die blau schimmernden Bergrücken und spreche Gutes von der Seele, nach der sie fragten und für die sie beteten. –

Er hatte sich eine Bedenkfrist gesetzt. Die nutzte er standhaft. Er durchdachte Not, böse Nachrede und Hoffnung. Mühsal war auf dem Grund; Unzufriedenheit und Ungewißheit rings herum: Unzufriedenheit mit sich selbst, mit der ganzen Schöpfung – mit allem!

Darauf strich er die Haarlocke aus der Stirn und

überdachte Leben und Tun, das, was er nicht mit dem gemeinen Verstand einschätzen konnte. – Dann maß er gleichsam die Höhe ins Blaue hinauf und zog mit der Bewegung der Augen eine ungewisse Sehnsucht in sein Innerstes hinein, nur mit einigen furchtsamen Gedanken, die anderen von derselben Art im Wege standen.

»O ja! Oja!« sagte er, und dann ging er.

Von dem Tage an erschien Bjørger vielen so seltsam. Nicht, daß es ihm wie dem Bruder an Verstand gefehlt hätte; nein, es war eher so, daß er zuviel davon hatte! Er ging manchmal umher wie unter anderen lichten Wesen, und in seinen an und für sich knappen Worten lag eine überirdische Höhe, in der nur er selbst sich zurechtfand. Diese Seelenveränderung schien auch seinem Äußeren einen anderen Ausdruck zu geben. Früher war er dunkel und schwermütig gewesen. Seine schwarzen, toten Augen wurden fast von der großen Menge dunklen Haares verborgen. Der Blick mußte sich jedes Mal durch dieses Gitter hindurchzwängen, wenn er gebraucht werden sollte. Und wie in Angst wurde er, wenn er einmal frei war, übermäßig gebraucht, um sich schließlich in großer Hast, gleichsam wie bei einer Missetat zu ertappen und wieder die alte Form anzunehmen. – Der Gang war früher so genau abgemessen gewesen, daß man glauben mußte, die Beine bewegten sich voll Widerwillen und Verdruß, so daß es einer Selbstbestrafung gleichkam, wenn sie gebraucht wurden: die Seele erkaufte sich den Beistand zum Gang der Schritte! – Seit diesem

Tage brannte in seinen Augen eine Art wohltuendes Feuer, das geradewegs aus der Seele zu lodern schien, und zog einen in eine tiefe Vertrautheit, wo das ganze verworrene Dickicht aus Unzufriedenheit und Befangenheit aufgebrochen war und wo Haß in Frieden eingetaucht und – versöhnt wurde! Bei manchen Gelegenheiten konnten sie strahlen, besonders wenn er jetzt das erreichte, was er früher gewollt hatte – doch trat dann rasch eine Dunkelheit zum Feuer – so manches war darin –, die gleichsam vom Traum im Schoße eines Engels kündete. Diese Dunkelheit war so verlockend und gewaltig für den, der ihn früher verkannt hatte! – Seine ganze Person bekam einen besonderen Unternehmungsgeist und Schwung, was ihn bei allen zu dem werden ließ, was er war: so schön und so anziehend! Denn nun hatte er ihn gefunden, den Geistesverwandten, den einen, der wie er fühlte: *den rechten Gedanken.*

Eines Tages, als Bjørger unten im Laden war, fand Laura ihren Vater in Bjørgers Dachkammer vor. Er sagte nichts zu ihr, sondern saß am Tisch und las. Das aber, was er las, war ein Gedicht von Bjørger.

Ein Leben

Mein Geist ist aus dunklen Nebelträumen gegossen
und weht dahin wie Wolken im Maiwind.
Nahrung saugt er durch Schattenströme,
wenn ein Gedanke ihm Leben einflößt.
Ich hab geseufzt, doch ich kann nicht finden

Halt für meine goldene Saga-Erinnerung –
Still! Nun steigt das Seufzen auf zur Höhe:
Wehmutsengel! Öffne mir das Seelenauge!

Dann nickte Moe einige Male nachdenklich und blätterte die dichtbeschriebenen Papiere durch. Das meiste waren Entwürfe, später Wort für Wort durchgestrichen, und endlich ein Kreuz über allem zusammen. Ganz unten fand er:

Seelendämmerung

Schattengraue, hohe Türme hoben
sich empor aus dunkler Schlucht zu einem Babel.
Als mein Seelenblick dies sah,
bebte er im träumenden Leben auf Babels Dach.
Spiel der Herzen, der Gedanken wilder Lauf:
eine Himmelsgeißel drückt sie in den Staub!
Niemals! – Nichts! – – Nein, sondern immer etwas:
Schau in die Seele, dort ist das Leben bunt. – –
Welch Gewimmel!
Hör mich, Himmel!
Mich packt Schwindel!
Dort – so fern seh ich des Zieles Krone,
sie ist mein, weil mir ganz schwindlig wurde.
Sieh und hör! Man flüstert wohl von meinem Throne:
Das Auge lächelt Feuer herab. – –
O du Laune! Gib mir nun zu wissen,
ob meine kleine Sylphe an des Thrones Seite steht?
Still! Dort weint es Antwort auf das feurige Lächeln.

Wundersam! Zum Thron sind sie geeilt!
Welch Verlangen!
Schicksalsdrängen
macht ein Ende!

Am Ende standen ein »NB.« und die Worte: »aus hellen Tagen!«, geschrieben mit hellerer Tinte, solcher wie er sie jetzt verwandte – also später hinzugefügt. Auf der anderen Seite aber stand:

Zerbrochen

Wenn Größe den Mut des Engstirnigen zerbricht:
gebraucht wie sein eigenes Streben,
liegt büßend auf Knien, umarmt seinen Fuß.
Das Auge der Menschen wägt seine Taten ab.
Der Ausdruck hebt sich und fliegt
über sein Antlitz – verkündet Sieg:
Da muß zerbrechen, was kurz nur gedacht,
starr wird die Lebenslust, Leben wird hart,
schwankend der Glaube, von Zweifeln erfaßt,
Hoffnung voll Schmerz, wie vom Spiel angelockt.
Der Wille ist eingesperrt, er kämpft sich frei,
gerüstet zur Tat –
Tag für Tag!

Da schrieb Moe in sein Notizbuch: »Ein Leben« – »Seelendämmerung« – »Zerbrochen« – und ein B, in Klammern.

Dieser Moe war jemand, der eine Sache am Anfang immer voll Wärme aufnahm, wenn sie aber dann später einmal in seiner Erinnerung auftauchte, so hielt er alles für Unsinn und Dummheit. – Die Welt weint über solche Menschen; sie haben einen Funken an die Hoffnung geschlagen und sie entzündet; sie ist entflammt und – hat aufs neue gefordert. Doch dann wird selbst das genommen, was gegeben war.

XII

Seit der Agronom nach Sulheim gekommen war, war Bjørger nicht dort gewesen. So kommt Erik eines Tages zu ihm und fragt scherzhaft:

»Gefällt es dir hier?«

»Hm – hm.« Er zögerte.

»Ich habe einen Auftrag vom Agronomen«, sagte Erik und kam gleich zur Sache.

»Was will er?« fragte Bjørger. Er mochte nicht einmal den Namen.

»Naja –.« Erik betrachtete ihn; er sah eine gerunzelte Stirn.

»Was er will? Er will, daß du heute abend herüberkommst, denn er hat mehrere eingeladen, verschiedene Leute. Er hat die alte Diele saubergescheuert, weißt du, und ›Ola mit der Locke‹, der Spielmann, soll kommen.«

»Ich verstehe! ›Paß auf deine Füße auf‹, sagte der Spatz, als er mit dem Pferd tanzte, ›sonst trete ich noch darauf!‹ Ja, ja. Er will also heute abend tanzen! Du hast wohl noch andere Einladungen?«

»An Laura auch, versteht sich.«

»So, na ja. – Ja, ich komme, Erik.«

»Das wußte ich doch.« Erik grinste breit.

Er ging. Tja, was tue ich jetzt? dachte Bjørger, er verläßt sich natürlich auf mich. Ach ja, ich gehe hin, ich sehe einfach zu.

Er durfte. Sie auch, und war wohl schon fort. Bjørger trottete allein hinterher, schwere Gedanken im Kopf. Er trug feine Kleider, die der Hausherr in der Stadt gekauft hatte. Erik behauptete, es sei »echtes brabantisches Tuch mit zehnfach gedrehter Kette und zweischäftigem Schuß in jeder Masche«.

Er ging zu Inger hinein, die allein in der Kammer saß. Sie geriet rein außer sich vor Freude, und natürlich: auch sie sollte anfassen und fühlen, ob es stimmte, daß sein Hausherr ihm Kleider gekauft hatte aus »brabantischem Tuch – mit zweischäftigem Schuß in jeder Masche«. Das sei wohl so, meinte sie; sie kannte aber die Webart nicht; es mußte wohl das sein, was in den Zeitungen »Damast« genannt wurde. Sie drehte und wendete ihn herum; ja, er war an allen Enden gewachsen, seit sie ihn das letzte Mal gesehen hatte.

»Wo ist denn nun der Agronom?« fragte er.

»Im Grindhaus. Die alte Diele ist saubergescheuert.«

So ging er hinauf. Dabei sang er.

Hast du gefühlt schon Kummer und Zwang?
Kennst du es wohl?
Kennst du nur eins, das besser gefällt:
Froher Gesang.
Wächst aus dem Jubel, um Jubel zu spenden,
hilft, dem Gefühl die Schönheit zu senden:
Recht jeden Herzens, das daliegt, beklommen,
bettelt und bettelt und nie bekommen kann – –
Kennst du das wohl?

Trägst du Erinnerung an sinkenden Mut?
Lachst du zu so etwas?
Dürres und Graues wird selten geliebt:
Sorge als Wurzel!
Kennst du das Glänzen von fallendem Laub,
silbern verwoben und schimmernd blau,
ganz wie ein Sonnenstrahl im Hain des Tals –
stehlend den Zweifel tagaus tagein?
Kennst du das wohl?

Hier geht es munter zu, dachte er, als er das Tanzlied über den ganzen Hof erschallen hörte, während die Bergwand den Klang hart zurückwarf.

Gudbrand Aasen hatte seinen Abschied genommen. An seiner Stelle war ein neuer gekommen, der eine ganz neue Art hatte. Dieser neue Schulmeister und der, in dem Bjørger den Agronomen wiedererkannte, saßen gerade auf der Treppe, als er kam, offenbar nach dem Tanzen den Schweiß trocknend. Man begrüßte einander. Sprach über das Wetter und die Ernte, eine Unterhaltung, die fast ausschließlich der Agronom aufrechterhalten mußte. Die beiden anderen sagten nur wenig.

»Kommt doch herein!« bat Nilsen.

»Danke.«

Ein volles Haus. Die Bierschale ging von einem zum anderen. Nilsen, der Agronom, spendierte!

»Glück dem Spender!« Ein grauhaariger Alter erhob sich. »Und wenn du dir heute keine wählst, so stimmt etwas nicht!«

Nilsen wurde genau beobachtet, als sein Blick an den Wänden entlangstreifte, bis er an einem bestimmten Fleck anhielt. Dort stand Laura – die Blume des Tales! Er wurde rot; sie auch.

»Oh –! Ich glaube, das kommt vom Davidsbier«, sagte der Grauhaarige und blickte zu Nilsen hinüber.

Gelächter. Nur der Schulmeister lachte nicht, sondern glaubte eine Reihe großer Kinder vor sich zu haben, die seiner Meinung nach mit jedem Wort, das sie sagten, nach Belehrung schrien.

»Ach, Schulmeister, du kannst auch gern einen Halling oder zwei tanzen und das Davidsbier probieren«, riet der Grauhaarige ihm, »unser Herrgott hat uns als Menschen erschaffen, nicht als Schulmeister, die schon den Mund verziehen, wenn ein oder zwei unbedachte Worte fallen.«

»Ich könnte dir darauf in nicht weniger als vier Sprachen antworten«, erwiderte der Schulmeister würdevoll, so als stünde er vor Schuljungen, »aber das käme wohl circa ungefähr auf dasselbe hinaus; denn du wärest es wert, auf die Färöer geschickt zu werden, die natürlich selbstverständlich in Europa liegen, aber jenseits von England – äh, vom Britischen Reich, wollte ich sagen, was so sonnenklar einleuchtend dasselbe ist – und dann solltest du dein Leben lang dort wohnen, verstehst du. Denn König Jeremias sagt in einem seiner Psalmen – äh, Bücher wollte ich selbstverständlich sagen –, daß, ja, so etwas war es, daß du nicht auf Gottes grüner Erde wohnen solltest, sondern auf diesen Inseln, die ich erwähnte, die auf einem ziemlich bedeutenden Breitengrad liegen, deren vier Seiten von den Wellen des Atlantiks umbraust sind – dort könntest du wohl sein. Du besudelst einen, dem du nicht ebenbürtig bist, mußt du wissen. Das könnte sich für einen anderen Grauhaarigen geziemen, was ich nicht sagen wollte, aber nawereis – äh, naseweis – so etwas anzunehmen, man lebt, um zu lehren, und da meine ich nicht nur Kinder – ich meine: ich sollte den einen oder anderen aus der Versammlung hier einmal über verschiedene Dinge belehren – und das in vier Sprachen, und nun hast du gehört, was ich sagen wollte.«

Es war still im Raum; das, meinten sie, war eine Rede gewesen, besonders die Frauen.

»Ah ja«, sagte der Alte, für den er wohl gesprochen hatte. »Wenn es in den anderen Sprachen auch so viel wird, dann –«

Und er lachte ein wenig.

»Diese Trompeten!« fuhr der Schulmeister mit wachsender Beredsamkeit fort und trocknete sich von Zeit zu Zeit den Schweiß ab. »Man kann sie zum Beispiel fragen, wie alt der und der im sechsten Kapitel in einem der Bücher Mose war, als er starb. Ja! Da bekommen sie Kopfschmerzen und Stechen in der Brust, wie immer bei mir in solchen Fällen. Ha! Was für naturhistorische Dromedare!«

Er blickte in die Runde wie einer, der die Wirkung eines in edler Absicht gehaltenen Vortrags sehen will.

Einige meinten, der Kerl sei klug wie die Bibel selbst.

»Gudbrand war ja an und für sich nicht schlecht«, sagte eine Frau, »aber er hatte auch seine verschiedenen Seiten. Aber der hier, der –!«

Es gab aber auch welche, die Gudbrand über diesen hier stellten.

»Bjørger!« rief jemand.

»Ja!«

Draußen auf dem Flur stand ein Mann. Sie unterhielten sich eine Weile und einigten sich dann zu gehen. Nein, das durften sie denn doch nicht. Sie mußten bleiben und – sie sollten doch noch den einen oder anderen Halling tanzen.

Die Mädchen baten darum, daß sie singen dürften. Sie sangen:

»Sing nur in deiner Jugend Lenz,
in deinem lichten Sommer!«

Bjørger war unschlüssig, ob er gehen sollte. Da kam Laura auf ihn zu und sagte nur:

»Oh, gib mir das Gedicht, das nach der Melodie ›Vergiß nicht die Lilie, schirme sie‹ geht! Du hast es in deinem Notizbuch. Wir können diese Melodie mehrstimmig.«

Er sah sie lange an, mit einem ganz unbeschreiblichen Ausdruck in seinen schönen Augen, sie glühten, als wollten sie von dunklen, herrlichen Erinnerungen erzählen.

Da lachte sie kurz und sah zu ihm auf.

»Ich kann es selbst nehmen«, und damit griff sie nach dem Notizbuch.

»Hier. Nein – hier ist es!«

Dann sangen sie das Gedicht, das aus seinen schweren Stunden stammte.

An meine Ewigkeitsblume

Sie! Ich sah sie zum ersten Mal
an einem Morgen, so schwer!
Ach! Das Herz schwoll: ich hörte Gesang,
wie Flüstern im Rosenhain.
Den Mund verschloß ich dem Atemzug,
doch die Seele brauste tief drinnen.
Ich starrte nur auf den einen Fleck:
Dort stand sie, die edle Frau.

Die Gedanken flogen, der Blick folgte nach,
zum Himmelsgewölbe empor.
Treu in der Not: ein Preis! – Denn Zucht –
sie floß im Tränenstrom.
Sie sah auf! – Da las ich: Ich fasse es nicht!
Deinen Blick wag' ich nicht zu erwidern!!

Sie schwebte – ich sah's – im geflügelten Blau,
in der kühlen Scharen Gewimmel.

Sie trug ein Herz, so rein und schön,
wie ein »Vergiß mich nicht!«
Ihr schien wohl der Erinnerung Flug
wie ein blumenbepflanzter Weg. – – –
Ich bewahre das Andenken, habe nur dies,
ein Stecken auf meiner Bahn.
Nun bin ich allein – doch weiß ich eins:
Sie trug der Herrlichkeit Fahne!

Er bekam es zurück. Niemand außer Laura ahnte, daß es sein eigenes Werk war.

»Wo hast du es schon einmal gesehen?« fragte er sie ernst.

Sie lachte und flüsterte:

»Ein andermal!«

Der Tanz begann. Da gingen Bjørger und ein anderer Mann hinaus auf die Wiese.

»Bjørger! Bjørger!« hörte er rufen.

Er sah ein Mädchen angelaufen kommen, ganz außer Atem. Es war Laura.

»Kann ich ein wenig mit dir allein sprechen?«

Sie gingen nach der Seite, und sie sagte nur die Worte:

»Sei mir nicht böse, Bjørger!«

»Nein –! Du bist ja immer gut zu mir gewesen!«

»Ach du, Bjørger!« und sie sah ihm in die Augen.

»Amüsiere dich gut. Geh jetzt. Ich habe keinen Grund, böse zu sein.«

Dieser Tanz! Er bewirkte, daß Bjørger wieder genau derselbe wurde wie früher. Er dachte und schrieb, wurde wiederum verschlossen und wortkarg; weinte er, so schien es ihm sinnlos. Dieser Tanz! Er wurde in etwas hineingezogen – das erste. Er konnte es nicht böse nennen – es war ein Mittelding zwischen Freude und Hoffnungslosigkeit. Er lag da wie kriegslustig und doch zugleich wie mit eben versorgten Wunden nach dem Gefecht. Es wurde dunkel in ihm, wenn der Tag in die Nacht hineingekrochen war, wenn ihn die Dunkelheit einhüllte; aber die Dämmerung wurde vom Schlaf vertrieben, schwand im ersten Licht des Tages, um wiederzukehren, wenn der Tag und die Arbeit im Laden zu Ende gingen.

Auch Laura war seit jenem Abend dieselbe wie früher. Sie hatte häufig etwas im Laden zu tun, achtete aber gern darauf, daß der Vater oben in der Stube war; und daß Bjørger, gerade ohne Arbeit, sich auf eine ausgezogene Schublade gesetzt hatte, den Kopf gesenkt und die Hände gefaltet.

»Habt ihr nicht etwas Neues bekommen?« fragte sie eines Tages.

»Ja!«

Er erhob sich und schaute in die Vitrine; dort mußte ja der Putz liegen.

»Feine Lederhandschuhe, bestickte Gürtel, Filzschuhe, kleine Schals und Schleifen aus Seide und – hier kannst du es sehen!«

Sie nahm ein Paar Handschuhe und ging; blieb an der Tür stehen; kam wieder zurück.

»Möchtest du die hier haben?« fragte sie und hielt ihm eine Schleife aus schwarzer Seide hin.

»Was?«

»Bitte schön!«

»Nein, ist das möglich?«

»Ja, möchtest du sie haben, dann –«

»Tausend Dank und vielen Dank auch!«

Dann nahm er ihre Hand.

»Wie gut du heute bist!« sagte er.

»Ich bin nie gut zu dir!«

»So ein Unsinn. Du bist immer gut zu mir.«

»Ich bin so schrecklich unglücklich!«

»Wirklich!«

»Es ist deine Schuld!«

»Du erschreckst mich.«

»Ach!«

»Doch! Es tut mir so leid!«

»Nein, hör nun, Bjørger! Nähmst du das Wort wieder, das du einmal früher bekamst und das ich zurücknahm – wenn du es bekämst?«

Er lächelte und griff, wenn das überhaupt möglich war, noch ein wenig fester um die Hand, die er hielt. Nun, da er gerade so arm, so arm war, war er wiederum auf dem Wege, alles zu bekommen. Aber jetzt mußte er gut festhalten. Er fand keine anderen Worte als die, welche er schon früher gesagt hatte. Alles wiederholte sich. Er schloß mit den Worten:

»– bin ich dein!«

»Oh!«

XIII

»Ich bin so von ganzem Herzen froh!«

Er sprang am Morgen nach dem Gespräch im Laden aus dem Bett. Traf Laura in hellen, dünnen Kleidern an.

Es war sein dritter Johannistag beim Kaufmann.

»Guten Morgen!«

Sie nickte.

»Wohin willst du?«

»Fort! Heute ist Johannistag.«

Sie ging. Es lag etwas wie Reue über ihr, das sie fortwünschte; etwas Mächtiges, das sie gern vergessen hätte, etwas Dunkles, dem das Licht fehlte.

Es wurde Nachmittag.

Über den blanken Bergsee unten im Talgrund glitten mehrere Boote. Fröhliche junge Leute sprangen die Hänge hinab; dann und wann machten die Jungen Sprünge und Drehungen und warfen die Füße hoch in die Luft. Es erklang Lachen und Singen, das die klare, milde Luft durchschnitt und auf den Berg jenseits des Sees traf, der in gedämpftem Ton antwortete, so daß die Laute emporgehoben und über die Wasseroberfläche getragen wurden.

»Komm, Bjørger!« rief jemand unten am Berghang.

»Noch nicht.«

»Später dann?«

»Ja –«

Dann lief der Junge davon.

Der Agronom kam zum Haus. Ein Ruck fuhr durch Bjørger, der es die ganze Zeit befürchtet hatte.

»Guten Tag!«

Bjørger zog die Mütze.

»Seid ihr fertig hier?«

»Wozu?«

»Um zum Johannisfest zu gehen.«

»Ich weiß nicht.«

»Geht Laura?«

»Frag sie.«

Bjørger ging in den Laden; kam gleich danach auf die Treppe hinaus und wanderte dort mit kurzen Kehrtwendungen auf und ab, die Hände in den Hosentaschen. Er schaute ab und zu in den Hof hinüber, wo er den Agronomen stehengelassen hatte, der sich nicht sicher war, ob er hineingehen sollte oder nicht. Endlich entschloß er sich wohl, zum See hinunterzugehen.

Da trat Laura heraus. Sie grüßte und wurde rot.

Bjørgers Herz klopfte, und er ging an die Ecke, wo ihn niemand sah.

Sie kamen beide herunter.

»Wohin willst du?« fragte sie Bjørger im Vorbeigehen, ohne anzuhalten.

»Wohin ich will?«

Er sagte nichts mehr, und sie ging mit Nilsen hinab.

Da ging Bjørger in den Laden hinein, sank in die Knie und rief:

»Gott, tröste mich!«

Er trat wieder hinaus und sah sie vom Land ablegen.

Moe kam.

»Gehst du nicht mit?«

»Nein danke!«

»So, so!«

»Aber darf ich wohl einen Spaziergang nach Sulheim machen?«

»Geh nur.«

Das war ein schwerer Gang! Ihm war eiskalt, trotz der Sonnenhitze, und die Beine zitterten. Er fiel und konnte den Sturz nicht auffangen; er war wie verwelkt. Sein Herz klopfte hörbar; er griff ein ums andere Mal dorthin.

Als er endlich ankam, war er nahe daran, umzufallen.

»Guten Abend!« keuchte er.

»Bist du krank?« fragte Erik sofort.

»Mir ist so seltsam!«

»Gott helfe uns, sie haben ihn umgebracht!« rief Inger, und im selben Augenblick fiel Bjørger zu Boden. Er wurde ins Bett gelegt.

Ein Jahr ist vergangen seit jenem Abend.

In der Kammer auf Sulheim liegt Bjørger, abgezehrt bis auf die Knochen und bleich wie Schnee. Die Hände sind dünn und durchsichtig, das Haar ist lang gewachsen und teilt sich, leicht gelockt, in der Mitte, der Blick so friedlich und sanft: seine ganze Erscheinung ist verklärt, und ein überirdischer Ausdruck liegt auf seinem Gesicht; das kommt daher, daß er ein Jahr lang das Bett gehütet hat.

So liegt er also da und blättert in einem neuen norwegischen Buch, das »Torgrim« heißt. Es war so ergreifend in seinen Worten und dem Schluß; als wenn er mit Herz und Mund dankte, so lag er und las darin. Er war zum Schluß gekommen, faltete die Hände und schloß das Buch. Es schien ihm, als gebe ihm jedes Wort Leben!

»Ich möchte versuchen aufzusitzen.«

»Aufsitzen?«

»Ja. Hilf mir ein wenig, Inger.«

Sie half, so gut sie konnte.

»Fühlst du dich jetzt besser?«

»Ja, ich fühle mich so gesund, so –!«

»Das gebe Gott!«

Von dem Tage an ging es besser und besser mit ihm. Drei Wochen später war er beinahe gesund, aber noch sehr schwach und kraftlos. »Torgrim«

aber ging ihm nicht mehr aus dem Sinn. Er liebte das Buch fast so sehr wie die Bibel.

Eines Abends Ende Juli, als alle anderen draußen waren, kam ein Hund schnüffelnd über die Wiese herauf. Ihm folgte langsam eine Frau mit gesenktem Kopf.

Bjørger saß am Fenster und sah sie. Es schien ihm so seltsam! Er glaubte die Frau zu kennen, wußte aber nicht, wo er sie unterbringen sollte. Sie kam näher. Da mag es wohl sein, daß sein Herz pochte, wie er so dasaß; denn nun sah er – Laura.

Je weiter sie heraufkam, schien auch sie Herzklopfen zu bekommen; denn immer öfter griff sie sich an die Seite. Als sie vor dem Haus angelangt war, blickte sie kurz auf und sah ihn oben im Fenster, wo er sich nicht vom Fleck zu rühren vermochte. Sie fiel zu Boden; stand auf und fiel wiederum. Sie lag eine Weile da, wie um Kraft zu sammeln, dann erhob sie sich und kam in unglaublicher Eile direkt in die Stube herein und setzte sich vor ihm hin.

Wie schön sie geworden war!

Der Blick, der in einer Art wilder Scheu so frech hin und hergewandert war, verweilte jetzt ruhig auf einem einzigen Punkt – auf Bjørger. Die Haare fluteten in dichten, leichten Wellen um die Schläfen und betonten die Blässe im Gesicht.

»Ich bin gekommen, um Vergebung zu erhalten, Bjørger«, sagte sie mit unglaublicher Ruhe.

»Geh!« schrie er und klammerte sich an die Fensterbank.

»Ruhig, Bjørger, und laß mich sprechen!«

»Hinaus, Laura! Es zerreißt mich! Hinaus!« Seine Stimme bebte.

»Ach, laß mich doch sprechen! Du hast mich doch früher angehört.«

»Ja, leider!« versetzte er. »Ich habe auf dich gehört!«

»So höre! Das Herz –«

»Dann muß ich wohl gehen, ich bin so krank! Herrgott!«

»Bleib doch sitzen! Du wirst nicht kränker werden.«

Er sank wieder auf seinen Platz, und sie begann, während er sie, gleichsam alles auf einmal verschlingend, ansah.

»Es gab eine Zeit – hm ... hm – in der ich dir, um die Wahrheit zu sagen, Frieden und Freude stahl, um mich selbst froh zu machen: raubte dir die Nahrung, um selbst nicht in Verlegenheit zu kommen – doch sie fehlte mir! Ich habe dich lange innig geliebt, Bjørger, und du warst immer so gut – ich hatte, was ich wollte – aber ich war nicht gut zu dir. Dann kamen Gerüchte und seltsames Gerede über Nilsen, den Agronomen, auf, weißt du – und damit war ich bei mir selbst überzeugt, daß niemand mir den Agronomen wegnehmen sollte, niemand sollte sich darüber freuen, daß ich unterlag, und so – nun, ich habe ihn nie geliebt. ›Such dir einen unter vielen und viele in einem!‹ glaubte ich immer zu hören, und – am Ende wurden diese vielen auch zu einem – Bjørger. – – – Dann kam der unglückliche Tag, an dem du krank wurdest: ich war so unendlich gemein und häßlich zu dir. O nein! O nein! – – Seitdem habe ich gleichsam die Hölle in mir getragen, und ich habe den Schweiß der Angst geschwitzt, wenn ich mich deiner erinnerte; es war, als hörte ich, wie du mich vor dem Herrgott anklagtest und feurige Kohlen auf mein Haupt sammeltest, wo ich auch ging und stand. O nein! O nein! – – – Nun magst du tun, wonach dir der Sinn steht – Gott helfe uns beiden!«

Dann weinte sie, und Bjørger weinte mit.

»Nicht doch! Du hast dich schlechter gemacht, als du bist.«

»Sag das nicht, um Gotteswillen«, bat sie, »sondern sag, daß alles wahr ist, was ich gesagt habe, und – daß du mir vergibst.«

»Ja! Aber jetzt mußt du gehen.«

»Sag es deutlich!« flehte sie und weinte sehr.

»Ich vergebe dir alles«, sagte er, »aber –«

»Aber?«

»Ein andermal ist früh genug.«

»Dann bin ich so lange im Ungewissen.«

An der Tür wandte sie sich um.

»Ein andermal, also?«

»Vor morgen abend.«

»Leb wohl! Danke, Bjørger!«

»Keine Ursache!«

Sie ging mit schweren Schritten talwärts, ihr Kopf war auf die Seite gesunken. Sie schien sich in unsinnige Gedanken – eine schreckliche Ungewißheit – hineinzugrübeln.

Bjørger wollte völlige Ruhe haben. Er hatte Katze und Hund hinauswerfen lassen. Sie kratzten ihn nur aus lauter Zärtlichkeit an den Beinen. Ihm war noch niemals so zumute gewesen wie heute abend. Zornig auf sich selbst, die Stühle, die Wände – und den Lärm, den der Hund machte! Aber er war nicht im geringsten krank. Laura hatte schon die Wahrheit gesprochen.

Am folgenden Morgen war er schon früh auf den Beinen. Er war so stark, so jung! Der Abend kam; er hatte dem Hütejungen einen Brief mitgegeben. Er lautete so:

Laura!

Dir ist jede Kleinigkeit vergeben – aber ich werde Dich wohl nicht mehr so lieben wie früher. – – – Du hast Dich nicht schlechter verhalten, als jeder andere es bei einer solchen Gelegenheit auch getan hätte. Ich war gestern so zornig – verzeihst du mir? Sendest du einige Worte mit dem Jungen zurück?

(Den 28. Juli) Hochachtungsvoll

Bjørger.

In der Abenddämmerung kehrte der Junge zurück. Er sollte von Laura ausrichten, daß Bjørger allein sein mußte, wenn er das Schreiben las, das er bei sich trug.

Und er war allein, als er den Brief öffnete. Heraus fiel ein nagelneuer Goldring. Er ergriff ihn; auf der Innenseite stand »In Treue!«, und genau gegenüber »von Laura«. Der Brief lautete:

Bjørger!
Kann es nicht wieder so wie früher werden? Nimm den beigelegten Ring von mir und trage ihn am Ringfinger. Ich vergesse Dich nie! Was für Gedanken hegst Du für mich? Sage es mir aufrichtig.

Deine Laura.

Aber er antwortete nicht. Er dachte darüber nach: Kann es nicht wieder so wie früher werden – das waren doch ihre eigenen Worte! – Nein, das kann es nie! Sie hat mich so herzlos hinters Licht geführt. Ohne sie habe ich doch etwas: die Schreibfeder und die Natur!

XIV

Ein neues Jahr begann. Bjørger kehrte zum Kaufmann zurück, der während seiner Krankheit die Hausjungfer im Laden beschäftigt hatte.

Eines Abends traf er Laura allein in der Stube an. Die anderen waren bei der Pfarrersfamilie.

Es war das erste Mal seit seiner Krankheit, daß er mit ihr allein war. Sie aßen zusammen, nur sie beide. Sie räumte die Reste ab. Dann setzte sie sich wie zufällig auf das Sofa.

»Bist du jetzt ganz gesund?«

»Ja, danke.«

»Es war meine Schuld!«

»Ich hatte das Übel schon in mir, bevor – –«

»Da sahst du ganz gesund aus.«

»Ich war krank.«

»Ach Gott! Das tut gut zu hören.«

»Daß ich krank war?«

»Ärgere mich nicht! Daß es nicht meine Schuld war, meinte ich.«

»Ach so.«

Er ging zur Tür.

»Warum siehst du mich so groß an?« fragte er.

»Ach, mir scheint nur, du bist so – verändert – hm – so schön.«

»Unsinn!«

Am Morgen darauf ging Laura zum Vater hinein. Sie war bleich und matt in den Augen.

»Nun kann ich nicht mehr«, sagte sie zu ihrem Vater. »Ich bekomme ihn nicht – ich bekomme Bjørger nicht. Wäre ich doch nur tot!«

Der Vater, streng in Haltung und Blick, fragte mit lauter Stimme:

»Das ist doch nicht möglich? – – Du hast noch so vieles!«

»Ja, doch!«

»Ach fahr zur –«

»Muß es denn so schwer sein – so schwer? O Gott!«

Und damit stürzte sie hinaus. Sie ging geradeaus und fiel hin – erhob sich und fiel wieder, wie damals, als sie nach Sulheim ging.

Seit diesem Tag war sie wie halbtot. Sie ging umher wie im Halbschlaf und tat alles wie im Traum.

»Sie soll es auch spüren!« meinte Bjørger bei sich selbst. »Sie soll gründlich bereuen!«

Acht Tage später aber konnte er nicht mehr widerstehen. Er trat in ihre Dachkammer und fragte geradeheraus:

»Ist es nicht mehr der Agronom?«

Sie blickte auf, mit Ernst in den dunklen Augen, und antwortete:

»Nicht, seit du krank wurdest – auch vorher nicht.«

»Dann ist es wohl an der Zeit, daß ich – mit deinem Vater spreche.«

»Ja – ist es denn möglich? Ist das wahr, Bjørger? – Ach! Nein, nein, nein! Ich verstehe nichts! Ach nein!«

Sie zitterte und fiel. Er hob sie auf und legte sie auf das Bett. Sie klammerte sich an seinen Jackenkragen und ließ nicht los. So lag sie eine halbe Stunde lang; sie hielt fest. Dann war es, als fahre ein Schatten über ihr Gesicht, und sie zitterte wieder. Da wurde ihm angst; er rief. Die Eltern kamen. Sie sahen zu, und die Mutter weinte. Der Vater war bleich. Dann tat sie einen langen, tiefen Atemzug und starb.

»Lieber Gott! Nimm dich ihrer an!« betete Bjørger.

»Ach! Ach! Du hast sie genommen, du!« erwiderte der Vater.

»Sch! Sch!« sagte die Mutter.

Da beruhigte sich der Vater und ging hinaus. Die Mutter folgte ihm. Nun war Bjørger mit seiner Braut allein. Er nahm ihre Hand.

»Danke für deine Treue im Tod!«

Er ging hinaus; packte seine Habe zusammen.

Einige Tage später reiste er ab: erhielt das Erbe, das auf der Bank lag, und zog davon. Er hatte so viel, so viel in seinem Heimatdorf gesehen! Nun wollte er fort von hier; wollte für andere Täler schreiben, wo die Sorgen und Erfahrungen seiner Heimat unbekannt waren.

Er zog im Spätherbst davon, und da sang er mit bebender Stimme:

Du tauftest mich in Tränen, Birkental,
und zogst mich immerfort mit Strenge auf!
Schon seit ich klein war, schien das Leben hart:
Du gabst mir doch die eigne Sagahalle! – –
Leb wohl und Dank! In mildem Ernst erinnere
ich –
Nun auf – könnt' ich doch glücklich wiederfinden
die Halle, die Hoffnung gab in dunkler Zeit!

NACHWORT

Welch eine Merkwürdigkeit: Erst jetzt, über hundert Jahre nach dem ersten Erscheinen und über dreißig nach Knut Hamsuns Tod, kommt in Deutschland seine frühe Erzählung »Bjørger« heraus. Dabei wurde sie immer in wohl allen Werkverzeichnissen und Biographien erwähnt; sogar die Biographen hierzulande führten sie an und gaben meist ein rasches Urteil über sie ab, obwohl sie nicht eine Zeile davon gelesen haben konnten.

Ist denn nicht, so könnte man fragen, in der Zeit von Hamsuns größtem Ruhm in der ersten Hälfte des Jahrhunderts auch bei uns jedes noch so kleine Werk von ihm veröffentlicht worden? Sprachen gegen »Bjørger« vielleicht doch allzu erhebliche qualitative Gründe?

Nein. Dieses Urteil kann vorweggenommen werden: Die Erzählung ist, bei aller berechtigten Kritik im einzelnen, höchst aufschlußreich im Hinblick auf die spätere Entwicklung des Autors, doch nicht nur deshalb. Der Grund dafür, daß man »Bjørger« früher nicht beachtete, ist vor allem darin zu sehen, daß Hamsun selbst die Erzählung (wie zwei, drei andere Arbeiten der frühen Jugend) in die »Gesammelten Werke« nicht aufnahm, ja sie schließlich nicht einmal mehr besaß. Als er 1950 für eine Anthologie von Erstlingswerken norwegischer Dichter nach seinen Anfängen gefragt wurde, nannte er das Versepos »Die geheimnisvolle Insel«, die Erzählung »Der Rätselhafte« und ein »ganzes Buch«: »Bjørger«. Die Exemplare von »Bjørger« seien ihm allerdings abhanden gekommen. Und er schloß: »Nun bin ich gespannt darauf, ob Sie in ›Bjørger‹ einen guten Absatz finden.« So berichtet es Marianne Hamsun, eine Schwiegertochter, die hinzufügt: »Diese Geschichte erscheint noch aus einem andern Grund in einem etwas wehmütigen Licht: der Brief des einundneunzigjährigen Knut Hamsun über das *erste*, was von ihm gedruckt wurde, war auch das *letzte*, was von ihm in Druck erschien.«

Blicken wir auf ein abgeschlossenes Schriftsteller-Leben, so neigen wir dazu, vom Eindruck des Ganzen her zu sehen und zu werten. So betrachtet gilt Hamsun »vielen führenden Zeitgenossen in der Welt als der größte Erzähler unseres Jahrhunderts überhaupt« (Franz Lennartz, 1955).

Das flößt aber allzu großen Respekt ein und verstellt vielleicht den Blick für das allmähliche Entstehen eines Gesamtwerks, auf die Mißerfolge neben den Erfolgen, die Tiefen neben den Höhen im Lauf einer Entwicklung.

Eine Ausgabe von Hamsuns »Unter dem Halbmond« aus dem Jahr 1906 zum Beispiel führt die bis dahin in Deutsch herausgekommenen Werke des Dichters auf und regt gleichsam zu einer Zwischenwertung des umfangreichen Hamsunschen Lebenswerks an. Der Autor war damals schon fast fünfzig Jahre alt; doch von den heute noch bekannten Romanen waren erst »Hunger«, »Mysterien«, »Pan« und »Victoria« erschienen – also noch keiner der breit angelegten epischen Romane wie die Segelfoß-Romane oder »Segen der Erde«.

1878, als »Bjørger« unbeachtet erschien, war Hamsun erst neunzehn Jahre alt, ja er hieß noch nicht einmal Knut Hamsun (der Name entstand 1885 durch einen Druckfehler); das Titelblatt nannte als Autor einen »Knud Pedersen Hamsund«.

Wer war dieser junge Mann, der damals unbedingt Schriftsteller sein wollte, wo kam er her, was hatte er bisher erlebt?

Paul Fechter schrieb 1952, Hamsun habe erst einmal gelebt: sei hindurchgegangen durch tausend Erfahrungen, Berufe, Formen des Daseins, ehe er begann, dieses gelebte Leben literarisch zu verarbeiten (habe es also genau umgekehrt gemacht wie Rimbaud, der mit dem Schreiben begann und sich dann als Neunzehnjähriger ganz davon ab- und dem Erleben zuwandte). Das trifft jedoch frühestens für den Verfasser von »Hunger« zu; für den Autor des »Bjørger« lagen die meisten dieser Lebenserfahrungen noch in einer unbekannten Zukunft.

Am 4. Oktober 1859 wurde Hamsun als Knud Pedersen im Kirchspiel Lom im oberen Gudbrandsdal geboren. Er war das vierte von sieben Kindern des Schneiders und armen Kleinbauern Per Pedersen und der Tora Olsdatter Garmostræet, die aus einem alten Bauerngeschlecht kam. Wie äußerst bescheiden so eine Familie damals lebte: davon kann man heute noch von dem inzwischen als Museum hergerichteten Hof in Garmo mit seinen kleinen Holzgebäuden einen ungefähren Eindruck bekommen.

Als Knud erst drei Jahre alt war, zog die Familie in der Hoffnung auf eine bessere Existenz ins Nordland Norwegens, auf die Halbinsel Hamaröy in der Nähe der Lofoten. Dort lebte bereits Hans Olsen, der Bruder der Mutter; er hatte es zu einem gewissen Ansehen und zu Geld gebracht.

Es war eine großartige Landschaft, in die man kam. Unnachahmlich hat sie Knut Hamsun später (zum Beispiel in »Pan«) beschrieben.

Doch das ist nur die eine Seite seiner Kindheit. Die andere war: ein armseliges Haus auf Hamaröy, das ebenfalls heute noch zu besichtigen ist: eine schäbige, ungestrichene Holzhütte; und vor allem von Hamsuns neuntem Jahr an der Onkel Hans Olsen, der den Jungen zu sich rief, nachdem er in Erfahrung gebracht hatte, daß Knud in der Schule sich aufgeweckt gezeigt und sauber schreiben gelernt hatte ... Er sollte für ihn arbeiten, vor allem die Schreibarbeiten erledigen, die der Onkel wegen eines kranken Arms nicht verrichten konnte. Noch etwa achtzig Jahre später, im letzten Buch »Auf überwachsenen Pfaden«, hat Hamsun seinen Peiniger aus diesen fünf harten Jahren nicht vergessen: nennt ihn einen Hagestolz, geizig, böse und sehr schweigsam. Von einer »schamlos strengen Zucht« spricht noch der Greis Hamsun: er habe bei diesem Onkel viel arbeiten müssen, viele Schläge bekommen, meistens gehungert und so gut wie niemals eine freie Stunde zum Spielen gehabt... Er habe unter Angstvisionen gelitten, sei fürs Leben tief gezeichnet worden. Einmal ist er davongelaufen, doch er wurde zurückgebracht; ein andermal hieb er sich mit der Axt ins Bein, damit die Mutter ihn nach Hause holte, doch sie mußte ihn beim Onkel lassen, man war von ihm abhängig...

Gerade zum Verständnis von »Bjørger« ist es wichtig, die Entwicklung des Dichters zu skizzieren. Seine Kindheit wäre wohl noch trostloser gewesen, wenn es neben Hans Olsen nicht noch einen anderen Onkel gegeben hätte: Ole Olsen, den Landstreicher in der Familie, den die Mädchen mochten, ein halber Peer Gynt, genialisch und leichtsinnig; er wurde schließlich zum Trinker, endete im Elend. Auch ihn hat Knut Hamsun nicht vergessen.

Als Knud Pedersen vierzehn wurde, die Schulzeit zu Ende ging (er verließ die Wanderschule Hamaröy als Bester), konnte er endlich von Hans Olsen fort. Er schrieb einem Paten im Geburtsort Lom im Süden, wurde 1874 in der Kirche in Lom konfirmiert, kam als Verkäufer in Tosten Hestehagens Laden.

Doch auch dieser Verwandte erwies sich als streng und penibel; so hielt es der junge Pedersen nur etwa ein Jahr bei ihm aus.

Die Hamsunsche Rastlosigkeit begann sich nun zu zeigen; die Eltern dachten wohl sorgenvoll an Knuds Onkel Ole. Knud war kurz zu Hause; dann wurde er Verkäufer auf dem Handelsplatz des großen Walsöe, des unumschränkten Herrn auf Tranöy. Walsöes Tochter habe er nicht bekommen, schrieb Thorkild Hansen (was etwas erstaunt: der Freier wäre ganze sechzehn Jahre alt gewesen); »nein, Fräulein *Laura* heiratete einen Telegrafisten«.

Dann machte Walsöe Bankrott. 1875 war Knud mit einem Freund als Hausierer in ganz Nordnorwegen unterwegs. Als der Vater einen richtigen Beruf forderte, versuchte er sich 1876 als Schuhmacherlehrling in Bodö – für drei Wochen, schreibt Hansen. Dann sei er Hafenarbeiter gewesen, danach Laufbursche.

In dieser Zeit erschien ein kleines Buch von ihm: »Der Rätselhafte, eine Liebesgeschichte aus dem Nordland«. Das Titelblatt nennt Tromsö als Druckort und das Jahr 1877 – der Autor war also achtzehn Jahre alt. Ein unreifes Werk nennt Marianne Hamsun das Ganze, »eine Erzählung im Stil der Kolportageliteratur jener Zeit«. Doch sei der literarische Wert der Arbeit nicht das Entscheidende gewesen: wichtig war, etwas geschrieben zu haben, das veröffentlicht wurde ...

Im selben Jahr wechselte Knud Pedersen wieder den Wohnsitz, ging nach Bö auf Vesteraalen, wurde Mitarbeiter eines Lensmanns. In dessen Haus stieß er auf die Literatur der Zeit; und es waren dann vor allen Björnstjerne Björnsons Bauerngeschichten, die ihn tief beeindruckten und ihm deutlich werden ließen, welche Richtung er wohl selbst einschlagen sollte.

Damit sind wir bei »Bjørger« angekommen, Knud Pedersens nächstem Werk: dem ersten, in dem sich das Erleben seiner achtzehn Jahre auf eine Weise niederschlug, die aufhorchen läßt. Die Erzählung erschien 1878 in Bodö im Eigenverlag, gedruckt von Alb. Fr. Knudsen.

Was macht nun den Reiz eines solchen kleinen Frühwerks auch für den unbefangenen Leser von heute aus? Etwa für jemanden, den die Bezüge des jungen Autors zu Björnson wenig berühren (darüber mögen Seminararbeiten geschrieben werden); für einen Leser, der vielleicht auch die unübersehbaren Schwächen der Erzählung unnachsichtig registriert (die Übertreibungen zum Beispiel, manches recht Theoretische, oder das allzu unbekümmerte Operieren mit Krankheit und Tod)?

Vor allem zwei Fragen. Erstens: Ob und wie eine schwere Kindheit wie die Knud Pedersens die Vorstellungen des jungen Menschen geprägt hat und wie sie sich in einem Lebensalter ausdrückt, da man sich noch recht unverstellt äußert, und wesentlich mehr von dem, was einen bewegt, preisgibt – mehr jedenfalls, als es der spätere Hamsun tat: dieser kaum überbietbare Meister des raffinierten Andeutens, Aussparens, Verschweigens. Zweitens: Ob sich hier nicht vielleicht schon Themen, Figuren und Figuren-Konstellationen jenes späteren großen Erzählers zeigen, und vielleicht auch das direkter und eindeutiger als später.

Wieviel vom Wunschtraum des jungen Knut Hamsun liegt in einer solchen Geschichte? fragt Arild Haaland in seinem Nachwort zu der modernen norwegischen Ausgabe von »Bjørger«.

Knud Pedersens Held ist ein Sonntagskind: »Die bringen Glück.« Und bald sind sich alle darin einig, »daß aus diesem Jungen etwas Großes und Außergewöhnliches werden würde«. Auch in der Schule ist er nicht wie die andern, sondern »wie ein Student mit allerlei gelehrten Problemen im Kopf«; und er liest »mit geschlossenem Buch«. Freilich sieht der Autor auch die andere Seite einer solchen Ausnahmestellung: Die unbefangenen Mitschüler stecken die Köpfe zusammen und kichern über ihn, sagen: der Mönch.

Aber für den Lehrer ist er sogar »dem Alter nach ... der beste Bursche in ganz Norwegen«.

Auch als Konfirmand fällt er auf: wird nicht nur der Erste, sondern ist auch »der Stattlichste auf seiner Seite«.

Er beginnt zu schreiben und hat damit ebenfalls Glück: Schon einer der Aufsätze des Schülers wird gedruckt. So ist er in allem der Auffallendste, Begabteste, Erfolgreichste – kurz: Wer möchte nicht eine solche Ausnahme-Erscheinung sein wollen, das ist ein Wunschbild in Reinkultur.

Daß Bjørger sich an ein Mädchen aus reicher Familie hält, das zugleich »die Blume des Tals« ist, gehört natürlich mit in den Wunschtraum des armen, aber begabten Jungen mit der schweren Kindheit. Aber wie ist es dann zu verstehen, daß er sie nicht bekommt: Dringt damit Wirklichkeit in den Traum ein? Wohl kaum. Es bekommt sie ja auch kein anderer: Und zuletzt wird deutlich, daß sie keinen andern geliebt hat als nur den Helden. Man wird also auch das für einen Teil des Traumes halten dürfen: Denn wieviel Berauschendes, ganz und gar Ungewöhnliches liegt doch auch in einer großen Liebestragödie! Ein glatter, glücklicher Ausgang wäre viel zu alltäglich...

Zum zweiten: Ist »Bjørger« nur eine Fingerübung oder zeigen sich hier schon stärkere Bezüge zu späteren Werken? Damit beschäftigt sich Arild Haaland in dem erwähnten Nachwort. Er kommt zu erstaunlichen Ergebnissen und dem eindrucksvollen Fazit, »Bjørger« sei »ein Schlüssel zu Hamsuns Leben und Werken«, sein »erstes sprechendes Werk«.

Thor, der hungernde Einsame in den Bergen, ist die einprägsamste Gestalt in »Bjørger«. Was Hamsun später in »Mysterien« über Nagel sagt, trifft schon für ihn zu: Er ist ein »Ausländer des Daseins, Gottes fixe Idee«. In seinen leidenschaftlich erregten, verdichteten Aufzeichnungen, die weit eindrucksvoller sind als Bjørgers doch recht konventionelle Dichtung, mutet er tatsächlich wie ein Vorläufer des Helden von »Hunger« an; und in ihm, nicht erst in der zehn Jahre später geschaffenen Hunger-Figur, dürfen wir die erste der für die frühe Schaffensperiode Hamsuns so typischen Außenseiter-Gestalten sehen, die sich in die verachtete Kleinbürger-Welt nicht einordnen können und lieber zugrunde gehen. Und Thors erlittene, leidenschaftliche Prosa hat Verwandtschaften in Äußerungen nicht nur des »Hunger«-Helden, sondern auch Nagels, Glahns, Victorias, Edevarts.

Darüber hinaus: Eine Figur wie die des schwafelnden jungen Schulmeisters, der sich auch noch aufbläht, er könne seinen Sermon in nicht weniger als vier Sprachen von sich geben, erscheint ebenfalls wie ein Auftakt zu Späterem und wird sich im Werk Hamsuns noch oft wiederholen.

Am erstaunlichsten aber erscheinen die Parallelen zwischen der Liebesgeschichte Bjørgers und Lauras und der von Johannes und Victoria. Hier wie dort der dichterisch begabte, so empfindliche wie stolze junge Mann aus den einfachen Verhältnissen in seiner Liebe zu dem »hohen Fräulein«, hier wie dort die Unerfüllbarkeit dieser Liebe und der schließliche Tod der Geliebten, als alles doch noch gut enden könnte. »Ich finde, du bist so seltsam«, sagt Laura zu Bjørger – hat nicht später Victoria Johannes gegenüber genauso empfunden? Gewiß: »Bjørger« ist eine in manchem noch etwas unbeholfene frühe Erzählung, »Victoria« die vielleicht schönste Liebesgeschichte der Weltliteratur – und doch: Über Seiten hin klingt in »Bjørger« schon so etwas wie der »Victoria«-Ton an. Die Behauptung, »Victoria« stehe im Werk Hamsuns doch einigermaßen isoliert da und wie etwas außerhalb seiner Welt, kann also nach der Lektüre von »Bjørger« leicht widerlegt werden. Das mag sogar mit am nachdenklichsten stimmen: Daß auch dieser Teil der literarischen Welt des noch nicht einmal zwanzigjährigen Hamsun – mancher mag ihn für eher trivial halten – sich dann nicht bald verlor, sondern zwanzig Jahre später in einem in seiner Art vollendeten literarischen Kunstwerk Ausdruck fand.

Schließlich: Schon in »Bjørger« finden sich einige der so unvergleichlichen Hamsunschen Wendungen, vor allem in den Aufzeichnungen Thors. »Ach, ich bin wie eine Uhr ohne Feder.« »Ich stand heute auf der Spitze des Berges und tastete mich nach den Wolken.« »Ich glaube, ich strenge einen Prozeß gegen den Herrgott an.« »Ich würde mein Leben hoch in die Luft werfen und es im Fallen auffangen.«

Knut Hamsun war »des Nordens großer Pan« und nicht nur Norwegens bedeutendster Schriftsteller des 20. Jahrhunderts. »Der einzige Dichter, mit dem man Sie vergleichen kann, ist Homer«, schrieb Egon Friedell, der Verfasser der bis heute berühmten »Kulturgeschichte der Neuzeit«.

Hamsun führte sein ruheloses Wanderleben

auch nach dem Erscheinen von »Bjørger« weiter. Zwei Aufenthalte in Nordamerika übten starken Einfluß auf ihn aus: »Die ganz auf Erwerb materieller Güter ausgerichtete amerikanische Gesellschaft ließ Hamsun zu jenem aristokratisch-individualistischen Schriftsteller werden, der nie müde wurde, die ›Segnungen‹ der modernen Zivilisation anzuprangern. Zeugnis dafür ist vor allem seine Polemik gegen den ›American way of life‹« (Brauneck, »Weltliteratur im 20. Jahrhundert«).

Mit »Hunger« (Buchausgabe 1890) gelang ihm als etwa Dreißigjährigem der Durchbruch zum Ruhm. Er lebte eine Zeitlang in Paris (1893–96), bereiste Finnland, Rußland, Persien und die Türkei (1898). 1911 zog er mit seiner zweiten Frau, Marie Andersen, ins heimatliche Nordland nach Hamaröy und wohnte dort auf einem kleinen Hof bis 1917. Seit 1918 besaß er den schönen Gutshof Nörholm bei Grimstad an der Südküste. 1920 erhielt er den Nobelpreis für den Roman »Segen der Erde«.

1945 wurde Hamsun wegen seiner deutschfreundlichen Haltung während des Krieges verhaftet und sollte wegen Landesverrats angeklagt werden. Da er fast neunzig war, wurde er schließlich nur zur Zahlung einer sehr hohen Entschädigung verurteilt, die seinen wirtschaftlichen Ruin bedeutete. Aus Armut und Hunger war er zu Weltruhm aufgestiegen; arm und vereinsamt starb er am 19. Februar 1952 zweiundneunzigjährig.

Suchen die Jüngeren Vorbilder in ihrem verzweifelten Aufbegehren gegen eine Welt, die an ihrer eigenen Zivilisation zugrunde zu gehen droht, so finden sie ein großes in Knut Hamsun. Mit einer Kraft und Eindeutigkeit wie kaum ein anderer hat er sich um die Jahrhundertwende und in den Jahrzehnten danach zwar nicht gegen jeden Fortschritt, aber gegen alle fortschreitende sogenannte Zivilisierung gewandt, die sich als »Widersacher des sinnlichen Lebens« (Hans Burkhardt) erweist. Er hatte selbst erfahren, daß das bäuerliche Leben in Naturverbundenheit ein intensiveres, weil beseelteres Dasein ist.

Leidenschaftlich, ja höhnisch hat dieser norwegische Schriftsteller die bürgerliche Welt mit ihren Bosheiten und Absurditäten immer wieder in Frage gestellt und ihr das Leben des Abenteurers, des nur der Natur folgenden Amoralisten gegenübergesetzt. Im »Letzten Kapitel« wird der Rat gegeben, in die »Lehre beim Leben« zu gehen, sich »erdenhaft« zu beschäftigen, nur so bleibe man einigermaßen unverfälscht und geborgen.

War es die Sehnsucht nach endgültig Verlorenem?

Aber wo käme die Menschheit hin, wenn sie nicht einmal mehr von einem Dasein außerhalb der Norm träumen könnte? Und um wieviel ärmer wäre sie, wenn sie das Werk eines Knut Hamsun vergäße.

Herbert Reinoß

Philosophie für Anfänger im dtv

Hilfreiche Wegbegleiter für den Einstieg in eine faszinierende, aber nicht leicht zugängliche Lektüre.
Originalausgaben

Kant für Anfänger
Die Kritik der reinen Vernunft
Eine Lese-Einführung von
Ralf Ludwig
dtv 4662

Kant für Anfänger
Der kategorische Imperativ
Eine Lese-Einführung von
Ralf Ludwig
dtv 4663

Nietzsche für Anfänger
Also sprach Zarathustra
Eine Lese-Einführung von
Rüdiger Schmidt und Cord Spreckelsen
dtv 30124

Hegel für Anfänger
Phänomenologie des Geistes
Eine Lese-Einführung von
Ralf Ludwig
dtv 30125

Kierkegaard für Anfänger
Entweder - Oder
Eine Lese-Einführung von
Asa A. Schillinger-Kind
dtv 30656